你有蔓草，我有木瓜

在《诗经》里相逢

丁立梅 著

金城出版社
GOLD WALL PRESS

图书在版编目（CIP）数据

你有蔓草，我有木瓜：在《诗经》里相逢 / 丁立梅著.
—北京：金城出版社，2016.1
ISBN 978-7-5155-1314-0

Ⅰ.①你… Ⅱ.①丁… Ⅲ.①《诗经》—诗歌欣赏
Ⅳ.① I207.222

中国版本图书馆 CIP 数据核字 (2015) 第 272395 号

你有蔓草，我有木瓜：在《诗经》里相逢

作　　者	丁立梅
责任编辑	丁洪涛
开　　本	710 毫米 ×1000 毫米　1/16
印　　张	15.75
字　　数	120 千字
版　　次	2016 年 1 月第 1 版　2016 年 3 月第 2 次印刷
印　　刷	大厂回族自治县德诚印务有限公司
书　　号	ISBN 978-7-5155-1314-0
定　　价	39.80 元

出版发行	**金城出版社** 北京市朝阳区利泽东二路 3 号 邮编：100102
发 行 部	(010)84254364
编 辑 部	(010)64210080
总 编 室	(010)64228516
网　　址	http://www.jccb.com.cn
电子邮箱	jinchengchuban@163.com
法律顾问	陈鹰律师事务所　(010)64970501

再话《诗经》

《诗经》很乡野。

尽管，里面有不少篇幅，是宫廷乐师所作。可是，还是脱不了那种野性。

那个时代的人，都带着野性的。

我喜欢它，莫如说是喜欢它的野性，那种不伪不装，自然天成的样子，哭与笑，爱与恨，都是痛快淋漓、一泻千里的。

现代社会的雕凿和附会，让我们离自然越来越远了，我们不懂敬畏，不懂欣赏，不懂感恩。我们马不停蹄，不知要奔向何方去。有时，转身看自己，都觉得陌生，那些言不由衷的话语和笑容，似乎有着千疮百孔般的无奈和不堪。

所以每隔一段时日，我会把《诗经》捧出来，重新读。从西周初年，到春秋中叶这五百多年间，那些辗转悠扬的歌谣，沾着尘粒和草香，一路逶迤。我在它们里面，慢慢变得澄澈宁静，我见到了一颗颗初心。对，初心！那远古年代里，无论是植物的，还是人的，都具有神的光芒。

之前我出版过一本《诗经里的那些情事》。因一个“情”字，让不少人乍见之下误解了，以为就是在无聊地谈情说爱。事实上，这世上，人与人，人与自然，自然与自然，都左不过一个“情”字，有情有义，方得世世代代。

隔着一段时光看过去，我当初对有些篇章的解读，显得粗糙了些。再话《诗经》之际，我做了很大幅度的调整和修补，并对原文增加了一些生僻字的注音和注释。当然，它也只是我个人的解读而已，不是学术研究。

正如一千个人的眼里，有一千个哈姆雷特，一千个人的眼里，也有一千种《诗经》。在我，诗三百最打动我的地方，不是它的格律有多婉转优雅，而是它的“俗”，是它那种活色生香的“活着”。它无关政治无关历史，它只关乎活着。说到底，人生最伟大的事业，不是别的，而是活着，好好活着，并怀着无比的热爱和眷恋。这才成就了我们这个尘世的生生不息。

我能做的，唯有倾听

喜欢阳光的天。

钻石一样的阳光，在人家屋顶上闪亮，在一些树枝上闪亮，在楼前的道路上闪亮。来来往往的行人头上、身上，便都镶着阳光的钻石，无论贫富，无论贵贱。阳光善待每一个生命。

做桂花糕的老人，又推出了他的小摊子，在路边现做现卖。硬纸板上，简陋的几个字当招牌：宫廷桂花糕。我买一块，味道真的很好，绵软而香甜。暗地想，是哪朝哪代宫廷制作此糕的秘方，流落到民间来的？会不会从诗经年代就有了呢？如此一想，我的舌尖上，就有了千古绵延的味道。

楼下人家的花被子，在阳光下晒太阳。陪同花被子一起晒太阳的，还有两双棉拖鞋。一双红，一双蓝。这是一对夫妻的。女人在街头摆摊卖水果，男人是个货车司机。我遇见过两次，路灯下，他们伴着一拖车的水果，回家。男人在前面拉，女人在后面推。晚风吹。

这是俗世，烟火凡尘，男人的，女人的。爱着，生活着。每遇见这些景象，我的心里，都会蹦出欢喜来。我会发痴地想上一想，几千年前，也是这样的晴空丽日么，也有这样俗世的一群罢。

那时候，野地里植物妖娆，卷耳、谖草、薇、芣苢、唐、蔓……每一种植物，都有一个可亲的温暖的名字。天空无边无际。大地无边无际。草木森森，野兽飞鸟自由出没。人呢？人也是一株植物的，饱满葱茏，随性而长。

男人们多半强壮，他们打猎。他们垂钓。他们大碗喝酒，击缶而歌。艳遇遍地，不期然的，就能遇到一个木槿花一样的女子。他们爱得辗转反侧，心底里，欢唱着一支又一支快乐的歌谣，都在说着爱。

女人们则有着小麦一样的肤色，丰满而美好。她们采桑采唐采薇，亲近着每一株植物，把它们当做心中的神。她们放牧着牛羊，在山坡上唱歌跳舞。她们采葛采绿，织染衣裳。她们在梅树下，大胆地呼唤着她们的爱情：求我庶士，迨其谓之。她们守候在约会的河畔，望穿秋水，跺着脚发着狠：子不我思，岂无他人？

真喜欢他们的歌谣啊，率真，野性，是未染杂尘的璞玉。他们用它，在俗世里，谈情说爱，聊解忧愁。

我常不可遏制地陷入冥想，我就是他们中的一个。是去水边采荇菜的女子，有着绿色的手臂，绿色的腰肢。是在隰地采桑的女子，布衣荆钗，远远望见那人来了，耳热心跳的。是在沟边采葛的女子，一日不见，如隔三秋，相思无限长。是把家里的鸡鸭牛羊养得壮壮的女子，守着门楣，洗手做羹汤，只盼良人能早归……

我还能做什么好呢？这些日常的琐碎啊，即使换了朝改了代，那琐碎也还在的。它们如同血液，渗入生命里，和着生命一起奔流。就像我窗外这凡俗着的一群。千百年了，人类从来不曾走远过，还在俗世里活着、爱着，唱着他们自己的歌谣。

我能做的，唯有倾听。

目录

第一辑
一种相思，两处闲愁

天地间，原是有恩爱有情长的。

第二辑

相见不如怀念

相见不如怀念。红尘陌路，因不曾再有交集，这才有了记忆里的不朽。

第三辑

等你回家

有家可归，有人在等，尘世再多的辛苦与不公，也都能聊以慰藉了。

第四辑
愿与草木饮清茶

对着一棵树说说话，或在草地旁待上一会儿，你的心思，会变得澄清又空灵。那个时候，你只剩一个愿望，愿与草木饮清茶。就这般，很好，很好的。

第一辑

一种相思，两处闲愁

天地间，原是有恩爱有情长的。

孤鸿声里霜花白

遵大路兮，掺[1]执子之袪[2]兮，无我恶[3]兮，不寁[4]故也。

遵大路兮，掺执子之手兮，无我䰰[5]兮，不寁好也。

——《国风·郑风·遵大路》

【注释】

①掺（shǎn）：拉着。

②袪（qū）：衣袖。

③恶（wù）：讨厌，不喜欢。

④寁（zǎn）：迅速，快捷。

⑤䰰（chǒu）：同“丑”，丑恶。

《毛传》把这首《遵大路》说成是“思君子也”；明人何楷在《诗经世本古义》中，则言之凿凿说是“周公卿欲留郑庄公也”。朱熹这个人更有意思了，他老人家总是看到“淫”，他在他的《诗集传》中，斥此为“淫妇”诗，他说：“淫妇为人所弃，故于其去也，揽其袪而留之曰：‘子无恶我而不留’，故旧不可以遽绝也。”不知是不是他心理本来就少明媚，还是他就有这一好，我不想揣测。但我，真的很不敢苟同他老人家的这种牵强附会。

还是闻一多先生说得中肯：“汉人功利观念太深，把《三百篇》做了政治的课本；宋人稍好点，又拉着道学不放手——一股头巾气；清人较为客观，但训诂学不是诗；近人囊中满是科学方法，真厉害，无奈历史——唯物史观的与非唯物史观的，离诗还是很远。明明一部歌谣集，为什么没人认真的把它当文艺看呢？”

是啊，《诗三百》只不过是歌谣，是田间地头的口语诗，是老百姓最为寻常的小情小爱，小欢小喜，小温小暖，小悲小痛，如此而已。

我想起一首信天游《走西口》：

哥哥你走西口
小妹妹我实难留
提起哥哥你走西口
哎小妹妹泪常流

送出来就大门口
小妹妹我不丢手
有两句的那个知心话
哎哥哥你记心头

走路你走大路
万不要走小路
大路上的那个人儿多
拉话话解忧愁
……

从明朝中期至民国初年，四百余年的历史长河中，因土地贫瘠，自然灾害频繁，迫使晋北很多人到口外谋生。“河曲保德州，十年九不收，男人走口外，女人挖野菜”，当地曾流传着这样的歌谣。《走西口》就是在这样的背景下产生的，男人要去口外寻找活路，女人恋恋不舍送他走。一挥手，从此关山路远。

这里的《遵大路》，是不是最早的信天游？姑娘送情哥哥走，难舍难分。她拉着他的衣袖，她执着他的手，千言万语，只化作热泪长流：

无我恶兮，不寁故也。

无我魗兮，不寁好也。

——哦，哥哥呀，你不要觉得我很烦人呀，我只是不想让你走啊。我只是想和你分分秒秒在一起，一直一直好下去。

再深的情，再刻骨的爱，有时，也敌不过现实的无奈。这个情哥哥是要出外苦生活，还是要去服劳役，抑或是有公差相遣，难说。总之，他得走了。

桌上的开水还温着，新剥的果实的气味，还留存在空气中，两个人却要天各一方了。她送他出门，沿着他走的大道，一路跟着，不舍回头。

姑娘当然知道，想留也留不住。但她希望，能和他再多待一分钟也好，她攥紧他的手，不肯松。她这幽幽的心思，谁懂？

命数充满着不确定性，谁知道这一别，什么时候才能聚首？又有谁能保证，若干年后，待到再度相逢，他还是他，她还是她？怕只怕，到时候，都回不去了，他们只能隔着岁月的长河，怅然相望，今生有缘无分。

他最终，还是走了罢。她最终，还是不得不松开拉紧的手。她看着他的背影，沿着大道，渐行渐远，直到没入天的尽头。天边，江风漠漠寒山碧，孤鸿声里霜花白。她一直站在路的这头望着，望着。这一望，就是几千年。

征夫泪

击鼓其镗[1]，踊跃用兵。
土国城漕[2]，我独南行。

从孙子仲，平陈与宋。
不我以归，忧心有忡[3]。

爰[4]居爰处？爰丧其马？
于以求之？于林之下。

死生契阔[5]，与子成说[6]。
执子之手，与子偕老。

于嗟[7]阔兮，不我活[8]兮。
于嗟洵[9]兮，不我信[10]兮。

——《国风·邶风·击鼓》

【注释】

①镗（tāng）：鼓声。

②土：挖土。国：指都城。城：修城。漕（cáo）：卫国的城市。

③有忡：忡忡，忧虑不安的样子。

④爰（yuán）：哪里。

⑤契阔：聚散、离合的意思。契：合。阔：离。

⑥成说（yuè）：约定盟约，立下誓言。

⑦于嗟：叹词。

⑧活：借为“佸”（huó），聚会、相会。

⑨洵：久远。

⑩信：守信，守约。

他是个士兵。

他不得不做一个士兵。

战争，又是战争！

那时候，各地诸侯为争雄称霸，常兵戈相向，苦的是这些最底层的小老百姓，被逼着披挂上阵。

他心里有着一千个一万个不愿意啊。

可是，有什么办法呢？

“击鼓其镗，踊跃用兵”，国内已处于战时紧急状态，鼓声整天敲得镗镗镗的，士兵们在训练场上腾跳翻滚，拼命操练。又“土国城漕”，到处都忙乱乱的，在修筑工事，在重要的城市漕邑，修建城池。

他是士兵中比较突出的一个吧，人长得健壮，又骑马射箭都数得上一流，很不幸的，被统帅孙子仲挑上了。他要独自跟着统帅去南征。

征夫泪就此开始抛洒。

在此之前，他不过是一寻常男人，到了该恋爱的年纪，恋爱了。

到了该结婚的年纪，结婚了。他与她，有了一个家。茅檐虽矮虽小，但足够储藏他们的爱与温暖。他们一起采桑，一起狩猎，一起播种和收割。暮色围拢，他们一起回家，肩上担着夕照的影子。家里的羊在唤，鸡在叫。她给羊喂草，他把鸡捉进窝。她温一壶小酒，月色夜，共品尝。

这是他们的日子，简单着，朴素着。像村庄上，那些安静生长着的庄稼，一生一世，不求大富大贵，只求这样平安相守到老。

可是，突然的，他却要去南征，一别家乡数百里，从此关山路遥。她只如万箭穿心，痛，是痛得无法说的。她连夜给他缝制衣裳鞋袜，针针上，都有她的泪。他也一夜未眠，陪着她。

临别时，他有着话儿要对她说，句句都发自肺腑。前路未卜，誓言才真的成了珍贵：

死生契阔，与子成说。

执子之手，与子偕老。

这四句誓言，无须我过多解释，现在的孩童怕是都知道它的意思。电视电影里，早已煽情成泛滥。却少有人知道，它不是轻飘飘能说出口的，它原是沾着泪染着血的，它有着千般无奈万般不甘，与浪漫一点边儿也沾不上。

清袁枚有诗云："石壕村里夫妻别，泪比长生殿上多。"它要的不是花前月下，你情我浓，它要的，只是在俗世里活着守着。可古来征战几人回？这种生别离，是人为的生生的剜割。

一路征战，黄沙万里，遮天蔽日。战马嘶鸣，土墙訇然塌崩。嗖嗖嗖冷箭直下，伴随的是谁凄厉的叫声？一声"啊"字尚未叫出口，空气已凝固成血痂。亲人啊，你在远方。家园啊，你在远方。再无法抵达再无法抵达了！这思念的水，今夜该流向何处去？这断弦的歌，今夜会被谁弹响？血腥的杀戮，无处安放的孤魂。哭嚎。一夜征夫白了头。

他当属万幸，在平定陈与宋的纷乱中，竟死里逃生。原以为可以返回故里，却接到命令，要他原地待命。天黑尽了，他那么疲惫，却找不到可容身之处。马也不知跑哪儿去了，他摸黑进野地的山林下找马。

山路崎岖，崎岖得他的心多么绝望，漫漫长夜，何时才是尽头？他无一时无一刻不在想念着家园，想念着亲人。他也只能靠这个来取暖。

于嗟阔兮，不我活兮。

于嗟洵兮，不我信兮。

距离如此遥远，叫我们如何相聚？时间如此漫长，我怕是难以信守我的承诺了。

曾在一部战争片中，看到这样一个场面：

一年轻士兵，被子弹击中，生命垂危。他对守在他身边的战士，吃力地指指胸口。原来，那里藏着一张照片。照片已被鲜血浸染，上面的年轻女人，在血痕中，笑得如一朵红芍药。士兵艰难地把它举到唇边，轻轻吻了吻。他牵动嘴角，一滴泪滑出，手臂颓然落下。他走了。整个画面，听不见声音，静止的，如同一摊凝固的血，看得人肝肠寸断。曾有过多少诺言，都无法兑现了，亲爱的，你一定要原谅我。

这里的这个征夫，结局不外乎这几个：

一，他战死沙场。她在家望断双眼，思念一生。

二，他迟迟未归。她迫于生计，另嫁他人。经年之后，他回来，家园已变，物非人非。他们都回不去从前了。

三，他有幸归来。她仍在痴等。隔着经年的时光，他们虽已不再年轻，可余生却可以相依为命。——这个结局比较圆满。可是，却像中头彩一样的，难啊。

剪不断，理还乱

彼泽之陂[1]，有蒲与荷。
有美一人，伤如之何？
寤寐无为，涕泗滂沱！

彼泽之陂，有蒲与蕑[2]。
有美一人，硕大且卷[3]。
寤寐无为，中心悁悁[4]！

彼泽之陂，有蒲菡萏。
有美一人，硕大且俨[5]。
寤寐无为，辗转伏枕！

——《国风·陈风·泽陂》

【注释】

①陂（bēi）：水池的边沿，湖滨。

②蕑（jiān）：兰草。一说是莲子。

③卷（quán）：美好的样子。

④悁悁（yuān）：忧闷，郁郁不乐。

⑤俨：端庄的样子。

热烈爱过的人，当都尝过相思的苦，那种蚀骨蚀心的滋味，酸酸的，疼疼的，坐也不是，站也不是，睡也不是，醒着也不是。看到熟悉的场景，听到类似的声音，甚至一个眼神，一个背影，都能瞬间让自己崩溃，陷入思念的深渊，万劫不复。

如果是暗恋，那滋味，就更为深刻了。又加了一层不与人说的苦楚，痛着悲着，念着想着，也只一个人扛着，剪不断，理还乱。

如《泽陂》中的这个姑娘。

姑娘暗恋上了一个优秀的小伙子。这个小伙子不仅长得高大、帅气，行为举止还很端庄。瞧姑娘夸赞他的口吻，那简直是天下无双的。

有美一人，硕大且卷。

有美一人，硕大且俨。

也不过是偶然相遇，在这荷塘边。或许，那是一个清新的下着寒霜的清晨，塘边的树木上，都挂着霜。姑娘路过这里，看到了同样路过这里的他。他眉目俊朗，笑容浅淡。姑娘只觉得眼前晃过了一个大太阳。

或许，那是一个暗香幽生的黄昏。春天的草都长好了，春天的花都开好了，十七八岁的姑娘家，来此望春风呢。然后，她看见了他，比春天的草还要绿的一个人，比春天的花还要明艳的一个人。

姑娘只一个照眼，就喜欢上了。

又或者，他和她本就相熟，却未曾有过过多交往。春天的集会上，他偶然的一个举动，一句温柔的话，便在她心里生了根。姑娘变得心慌慌的，从此莫相忘。

春走了，夏来了。荷塘里的荷都怒放了。塘边的蒲与兰草，也已绿意蓬勃。这么美好的景致，让姑娘触景伤情，她多想他能陪着她一起来赏啊！

他自然不会来。

姑娘想他想得无法入睡，伏枕辗转，鼻涕眼泪都流下来了，心里充满深刻的忧伤。人道海水深，哪有相思深？姑娘独自在这相思的路上，不知还要前行多久。

我想起另一个故事，发生在我朋友身上的。

她和他，是高中同学。起初也并无交集，她和一群女生在一起玩，他和一群男生在一起玩。顶多是偶尔楼梯口碰到，会点一点头。

有一天午后，他和几个男生，倚在教室门外的栏杆上说着什么。他微微笑着，午后的阳光，打在他脸上，他脸部的轮廓，有种说不出的帅气和柔和。她从旁边经过，掠进眼里，心当时就莫名地跳了一下。

她开始留意他。他上课时喜欢一边听讲，一边转动着一支笔。他的手指可真修长。他的侧脸也很好看。他喜欢喝柠檬水。他会吹笛子。他打篮球时弹跳起来，像一头小鹿。他作文总也写不好，可他数学成绩相当棒。

他的家在一个她没去过的乡村。他的生日是十月十号。他有姐姐。姐姐大学毕业了。姐姐念的是师范专业，在一个小城，做了名中学老师。他喜欢建筑设计，他的志向是报考这个。

她一点一点收集着有关他的信息。体育课，她在他的课桌里，悄悄放上柠檬水。她买了指导写作的书，偷偷放他桌上。她还省下吃饭的钱，给他买了一只很贵的篮球做生日礼物。最后因为胆怯，篮球没能送出去。她留它，做了纪念。

高考填报志愿，她填的是建筑专业。而他却改变了初衷，选的是化工。结果，她念了建筑专业，他上了化工。

大学里，她拒绝了一个又一个的追求者，只关注着他的消息。他在另一个城，还如从前一样，爱吹笛子，爱打篮球。她试着给他拨打电话，当他的声音在电话那端响起时，她又慌张地放下。

寒假时，她去了他的乡村，要换乘好几辆车呢。她在他的村子里慢慢走着，想着她走的路，他曾多次走过。她看到的天空，他曾多次仰头看过，心里既欢喜又难过。她找到了他的家。他在院子里，身旁，却有个女孩子正和他谈笑风生。她没有走进去，而是把手里的一枝梅花，悄悄插在了他家的院墙上。

故事也就完了。

经年之后，她跟我回忆起这些，笑了。笑着笑着，她的眼角，泛起了泪花。

我问她，悔吗？

她笑着轻轻地摇摇头，再摇摇头。

这世上，唯有相思最折磨人。可正因这剪不断、理还乱的相思，我们的感情世界，才变得丰富妖娆。也才让我们，一点一点成熟起来，更懂得珍惜，身边的拥有。

为爱痴狂

大车[1]槛槛[2]，毳衣[3]如菼[4]。
岂不尔思？畏子不敢。

大车啍啍[5]，毳衣如璊[6]。
岂不尔思？畏子不奔。

穀[7]则异室，死则同穴。
谓予不信，有如皦[8]日！

——《国风·王风·大车》

【注释】

①大车：牛车。

②槛槛（kǎn）：车轮的响声。

③毳（cuì）衣：用鸟兽细毛织成的衣服。

④菼（tǎn）：初生的芦苇。此处以之比喻毳的颜色。

⑤啍啍（tūn）：迟重缓慢的样子。

⑥璊（mén）：红色的玉。

⑦穀（gǔ）：生，活着。

⑧皦（jiǎo）：同“皎”，明亮。

从小就听过梁山伯与祝英台的故事。

我爷爷讲过，我爸讲过，连我那不识字的奶奶和妈妈，也能说出故事的大概来。

那时，收音机里每每播到《十八相送》，祝英台暗示连连，偏偏梁山伯还是呆头呆脑，不明所以。我奶奶就会替梁山伯急，她跺着小脚说，呆子，她是女扮男装的啊。

等这个呆子醒悟过来，一切已为时晚矣，祝英台已许配给了财大气粗的马家。呆子回家就害起了相思病，病重之际，祝英台着丫环送去手帕，帕上有她用血书写的十六字：

此生分离，此情不渝！生不同衿，死当同穴。

结果，他们悲剧地化蝶了。

我们热烈讨论过，假如同窗之际，梁山伯就知道祝英台是女的扮的，这桩姻缘最后能不能成呢？答案是明摆着的，不能。祝家高门大户，梁家贫寒小门，这门不当户不对的，唉，别做梦了！

除非，他带她私奔。

也只有私奔这条路了。或许，还能挣出一条活路来，做一对柴米夫妻，相伴到终老。像卓文君与司马相如。

然私奔，是要有胆识的。那是要斩断过往一切，赤手空拳地去重新开辟天下的。对于本来拥有就不多的人，倒是无所谓。然对于养尊处优惯了的人来说，要迈出这一步，怕是不容易。他们生存本领较之常人来说，要低得多，一旦离开他们豪华的家，离开他们的锦衣玉食，饿死街头都有可能。试想想，如果让贾宝玉带着林黛玉私奔，其结果会如何？

又世间总有牵绊多多，父母家人，道德纲常，哪一样不是捆住脚的绳索？

私奔，该付出多大的勇气啊。

这里的这个贵族青年，在私奔面前，就犯起了踌躇。

他和一个姑娘私下相爱了。可是，这段恋情却生了变故，受到了强烈的阻挠。是因地位的悬殊？是因同姓的原因？还是因为占卜时的八字不合？似乎都有可能。至周代时，社会上已形成一套严格的婚姻规则，同姓是不能通婚的。占卜时八字不合，亦是不能做夫妻的。至于贵族和平民能不能通婚，虽没有明文规定，但我想，那基本上也是约定俗成的事了。在注重礼仪讲究尊卑的年代，一个寒门姑娘，要嫁给贵族，怕是难于上青天。

这里的姑娘，有可能出自寒门。

性子却烈着。她断不肯放弃这段爱，赴汤蹈火，化骨扬灰，她都在所不惜的。她终于逮到机会，拦截下这个贵族青年所乘坐的牛车。我们听见牛车坎坎坎的，声音迟重而又低沉，由远及近。姑娘远远望见她的恋人坐在牛车上呢，穿着那件她再熟悉不过的淡青色的衣衫，上面绣着红色的玉般的花纹。

他们相见了。好些日子没见了吧？家里的反对声那么激烈，他无力反抗。咫尺之间，两两相望，千言万语，无从说起。

还是姑娘先开的口。姑娘炽烈又有些幽怨地说：

岂不尔思？畏子不敢。

岂不尔思？畏子不奔。

——我哪有不想你的？只怕你再不敢爱我了。我哪有不念着你的？就怕你不敢同我一起私奔了。

姑娘要的答案只有一个，想要问问你敢不敢，像我这样为爱痴狂。

原来，他们本是约定好了要私奔的。

他却顾虑重重，迟迟没有做出决定。

这会儿，见了姑娘，听了姑娘的这一番话，男青年似乎终于下定决心，说出了他的爱。姑娘很高兴，姑娘对着天上的太阳发着誓：

穀则异室，死则同穴。

谓予不信，有如皦日！

——活着，我们不能共处一室，死后，我也要和你埋在同一个坟墓里。如果你还不信我，就请天上明亮的太阳作证吧！

此心可比太阳，此情堪比金坚。真希望结局是这样的，他握紧她的手，也发下誓愿：在天愿作比翼鸟，在地愿为连理枝。然后，驾着牛车，一起私奔去了。虽说前路难测，艰辛万种，但有这么一个坚贞的好姑娘在身侧，想来他们总能渡过难关的。

长相思

无田[1]甫田[2]，维莠骄骄[3]。
无思远人，劳心忉忉[4]。

无田甫田，维莠桀桀。
无思远人，劳心怛怛[5]。

婉兮娈兮[6]，总角[7]丱[8]兮。
未几见兮，突而弁[9]兮。

——《国风·齐风·甫田》

【注释】

①田（diàn）：治理、耕种。

②甫田：大块的田。

③骄骄：犹“乔乔”，高大貌。下文的“桀桀”与之义相同。

④忉忉（dāo）：忧伤的样子。

⑤怛怛（dá）：悲伤。

⑥婉兮娈（luán）兮：美好的样子。婉、娈，少好貌。

⑦总角：古代男孩未成人前将头发梳成两个髻。

⑧丱（guàn）：形容总角翘起之状。

⑨弁（biàn）：帽子。古代男子二十而冠，表示已成人。

看得出来，这个村庄，很是冷落。村子里的成年男子，大概都走光了吧。

无田甫田，维莠骄骄。

无田甫田，维莠桀桀。

好好的大田，因缺乏人力治理，只能一任杂草们攻城略地，一统天下。少量的庄稼夹在其中，倒变得瘦弱伶仃，叫人心疼。

女人是在地里面拔着草吧。她也只能这么做。要不还能怎样呢？日子总得往前过的。

满田的荒草，长得又高大又茂密，淹没了女人的身子，淹没了女人的心。她的心里，也早已荒草丛生。

战事连连，她的人，去了远方。

去了多久了？

异地隔着，思念的草，枯了青，青了枯。失望到最后，是怨吧？她哄骗自己说，不想了，不想了，我已好久不想你了。

日子漫长得女人都麻木了。镜子里朱颜改，她却还佯装坚强，劝慰和她同命运的那些女人们：

无思远人，劳心忉忉。

无思远人，劳心怛怛。

——切莫去想他们呀，因为，想念会使自己的心变得很难过的。

这种伪装的坚强，却在她突然间见到一个小青年时，訇然倒塌。

她清楚地记得，前些日子，他还是一青嫩的孩子呢，“婉兮娈兮”，模样多清秀多美好啊。“总角丱兮”，瞧，头上还翘着两只可爱的小髻髻呢。他在村子里，骑着竹竿当马跑。不过才几天没见啊，他竟已行过成人礼，头上戴上成人的帽子了！

一切都还恍若在眼前，可时光，却早已跑出了十万八千里。

她已等老了啊！她的那个人，还在远方！

我想起小时的乡下，住在村头茅草房里的瞎老太。记忆里，瞎老太一直是很老很老的样子，皮肤老得像榆树皮。她总是一个人，睁着一双看不见的眼睛，坐在家门口纺纱。纺车吱吱哑哑，又机械又孤单，听上去很疲惫很凄凉。

我们小孩子偶尔从她家门前过，呆呆望一眼她，就匆匆跑开去。听大人们说，她的眼睛是哭瞎的。战争年代，她的男人被抓了壮丁，从此一去杳无音信。她等着他，一天天，一年年，从青丝，到白头。

战争早已成了历史，硝烟早被尘埃掩埋，她却一直活在其中。逢人便问，仗打完了没？人回她，打完了。她就说，哦，打完了他也该回家了。然后睁着一双看不见的眼睛，呆呆地“望”着遥远的天边。

后来，村庄变迁，家家都住上了新房。村人怜惜她，也帮她另建了瓦房，要她搬去住。她不肯，执意住在她的茅草房里，自个儿搓草绳，捆住摇摇欲坠的门框。太阳晴好的天，她爱搬出油漆剥落的木箱，里面是她给男人做的布鞋、织的纱袜，一双双，散发出陈年岁月的气味。

我们长大了，离开了村庄。偶尔回家，又一批小孩子，在村子里蹦跳着了，没一个我们认得的。瞎老太和她的茅草屋还在。太阳晴好的时候，还能在她家的墙头上，看到一双双布鞋和纱袜，沉默地晒着太阳。

村人们路过她家门前，会大着声问候她。她睁着那双什么也看不见的眼睛，迷惘地问，你是哪个啊？

她最终也没能等到她的男人，活到九十九岁而终，算得上是村子里最长寿的人了。但无人羡慕，大家都替她松一口气，说，终于走了。

相思也长，长到至死方始休。

梅子梅子 你且慢些落

摽[1]有梅，其实七兮。
求我庶士[2]，迨[3]其吉[4]兮。

摽有梅，其实三兮。
求我庶士，迨其今兮。

摽有梅，顷筐塈[5]之。
求我庶士，迨其谓[6]之。

——《国风·召南·摽有梅》

【注释】

①摽（biào）：坠落。

②庶士：众多的未婚男子。

③迨（dài）：及，趁着。

④吉：好日子。

⑤塈（jì）：收取。

⑥谓：归，嫁。

我摇头晃脑地把这首《摽有梅》念给那人听。灯下，我，他，一对凡俗的妇与夫。多年相处，我们已不说情话了，我们慵懒相对，把一种叫做婚姻的日子，过得四平八稳。我读着读着，就“扑哧”一声笑起来，我说，你看你看，这姑娘比我那时大胆热辣多了，是等不及要嫁的。

他不解风情地“唔”一声，说，姑娘大了，总是要嫁人的。

岂此是？她实在是等不及了呢，只恨未嫁。

好像还在昨天，她去梅林，梅树才开着花。那时只道年轻，有的是大把的好时光可以等。可是，从什么时候起，花落了，果子都黄熟了，开始被人采摘。“摽有梅，其实七兮”——看看，一个不留神，满树的果子，只剩下七成了。姑娘的心里隐隐有了不安。

这时候，她还有青春可做本钱，追求者众，倒不十分焦急。所以，她面对众多的追求者，发表了爱的告白：“求我庶士，迨其吉兮。”那意思是说，喜欢我的小伙子们啊，你们要加紧儿的，趁着青春好年华，赶快来向我求爱吧。不忸怩，不作态，一颗想爱的心，透透明明的。

可是，因什么缘故，缘分却错过一场又一场。姑娘再去梅林，梅林里人渐稀少。她挎着采摘梅子的小筐，徜徉在梅树下，眼见着那树上的梅子，又少去四成，只剩三成了。风也无情，还在兀自地吹啊吹啊，吹得树上的梅子，摇摇欲坠。姑娘有些焦急了，她望见自己的青春，“刷”地一下，就刮过去一大截了。她顾不上矜持了，炽热地反复吟唱：“求我庶士，迨其今兮。”喜欢我的小伙子们啊，你们不要再磨蹭了，今天就来找我吧。

时光无情，缘分错失。树上的梅子，已所剩无几，不盈浅筐了。姑娘着了慌，她变得有些焦灼了，几乎带着恳求的口吻，热辣辣地说：“求我庶士，迨其谓之。”喜欢我的小伙子们啊，你们不要再挑什么良辰什么吉日，你们现在就给我下婚约，把我娶回家吧。

我为这个姑娘的率真大胆，拍案叫绝，笑不可抑。那人突然问，后来呢，后来这个姑娘嫁出去没有？

后来？我愣住。好年华不过是梅子在长，先是青涩涩的，一眨眼，就成熟了，树上一片绚烂。风吹，梅子落。只是那些梅子，能经几番风吹？我是眼睁睁看着这个姑娘的青春，像鸟尾巴一样，滑过去，滑过去。她要等的人，却始终没有来。

也只能为她祈求，梅子梅子你且慢些落。

那么，可爱的姑娘，她还可以稍稍喘上一口气，抓住青春的尾巴再搏一搏。或许会峰回路转，她的他，就在下一个拐角处等着她。没有别的话，他说，嫁给我吧。她回，好。穿上红嫁衣，爹也喜，娘也喜，皆大欢喜。

我想起女友，年轻时羞涩论嫁，且东挑西拣的，一错过，竟三十大几了。像一颗熟透的梅子，在树上，再怎么挂，也挂不住了。回家，母亲日日唠叨她，你还挑拣什么？现在年纪轻轻的女孩子，都难找到满意的对象，你就别再犯糊涂了，有差不离的，就嫁了吧。言下之意，你看你这人老珠黄的，再不赶紧，怕是嫁不出去的。她大呼冤枉，哪里是她挑拣，分明是好男人早在半路上，被人劫持了。好不容易等来个相亲的，居然还是个离过几次婚的。

等爱，原是一件相当辛苦的事。

只是，若把等待换成主动出击，结果又会怎么样呢？如果梅树下那个独自吟唱的姑娘，能早点扔掉她采摘梅子的小筐，主动去向“庶士”示好，她也许早就觅得如意郎君，一同来采摘梅子了。

在爱情的路上，我们还要走得大胆些，再大胆些，该出手时要出手。毕竟花开不多时，堪折直须折。缘分这东西，原是机不可失，时不我待的。

我只能以暗恋的方式想你

南有乔木，不可休[1]思[2]。
汉有游女，不可求思。
汉之广矣，不可泳思。
江之永矣，不可方[3]思。

翘翘[4]错薪[5]，言刈[6]其楚[7]。
之子于归，言秣[8]其马。
汉之广矣，不可泳思。
江之永矣，不可方思。

翘翘错薪，言刈其蒌。
之子于归，言秣其驹。
汉之广矣，不可泳思。
江之永矣，不可方思。

——《国风·周南·汉广》

【注释】

①休：休憩，歇息。

②思：语气助词。

③方：同“舫”，木筏。这里用做动词，指坐着木筏渡江。

④翘翘（qiáo）：本指鸟尾上的长羽。比喻高挺的样子。

⑤错薪：杂乱的柴草。

⑥刈（yì）：割，砍。

⑦楚：一种灌木名，即牡荆。

⑧秣（mò）：喂马。

这是典型的门不当户不对，一个高贵如汉水女神，一个卑微似山间野草——他不过一樵夫。

应该有两间茅棚山下搭，还有白发如雪的亲娘，倚门三遍交代，儿啊，上山砍柴要小心哪，要早去早回啊。她给他的水壶里灌满水，她把她做好的馍塞他掮着的布袋里——山路遥远，日头也长，路上好当干粮。

望着儿子渐行渐远的背影，做娘的半是欣慰半是心忧。欣慰的是，转眼间儿已长大成人。心忧的是，啥时能给他说上一门媳妇呢？老妇人转身看看家徒四壁，一声叹息，落在心底。

而我们的樵夫，此刻，他根本就没听到做娘的那声叹息。他哪里顾得上呢，他满脑子想的都是他的意中人——那个高贵如汉水女神一样的姑娘。是一次意外相逢，集市上或是下山途中，他遇见她，华衣美服，环佩丁当。他的眼前立即山石洞开，一个硕大的太阳，就那样汹涌澎湃地照进来。那么美，那么灿烂！除了爱，他还有什么法子？

——那就爱吧。却无法亲近。他明白他和她之间，是隔着一个天一个地的，遥不可及着。“南有乔木，不可休思。”——珍贵的树木，高大到须仰头才能望得见，哪里能让他倚靠着歇息呢！“汉有游女，不可求思”，他不住地低头叹道，亲爱的好姑娘啊，你就是那高大挺拔的树木啊，直冲云霄。我只有仰望你的份，哪敢奢望去追求你！

江水是那么浩淼，他无法泅渡过去。江水又是那么的悠长和一望无际，纵使他划着木筏，又岂能抵达！他认命了，不去企求她的爱，但却不妨碍他喜欢她。爱与不爱，原本就是一个人的事情。

憨厚的樵夫，一边砍柴，一边用幻想来减缓思念的疼痛。

是的，幻想。他做着亲近女神的梦。“翘翘错薪，言刈其楚”、“翘翘错薪，言刈其蒌”，他砍割着高高翘起的柴草，砍割着丛生的荆条和白蒿。他想象把它们扎成迎亲的火炬，一捆捆堆起。——那时的人们，出嫁迎娶，有燎炬为烛的风俗。他在做着迎娶的准备呢。

火炬扎成后，我们的樵夫，又想象着要开始喂他的马，“言秣其马”、“言秣其驹”——这马，是要用来迎亲的。他要把它们喂得胖胖的、壮壮的。然后，他就等着迎娶他的女神回家。之子于归之子于归哪，多幸福！

突然的一声鸦啼，划破了山间的宁静。樵夫心里一惊，眼前的火炬没有了，骏马没有了，他握着他的砍柴刀。抬头，白日头亮亮的。樵夫自嘲地笑笑，复埋头砍他的柴，心中反复哀婉地在唱：

汉之广矣，不可泳思。江之永矣，不可方思。

——宽阔的江水啊，我无法游过去啊。长长的江水啊，我无法划木筏抵达啊……

嗨，这门当户对的爱情观真是害死人。从诗经里的这个樵夫，一路杀将过来，不知演绎了多少人间悲剧。梁山伯与祝英台，至今还是蝴蝶一双。相比之下，这个樵夫幸运得多了，他只停留在他的暗恋上，没有付诸行动，倒避免了伤害。

倘使他大胆地把他的爱说出来，并使尽浑身解数去追求呢？或许会换来她的回眸一笑，成就一段可歌可泣的爱情。这时的结局只有两个，一是悲剧式的，他们终敌不过现实的阻力，双双化蝶。一是喜剧式的，他终于抱得美人归，——这未必没有可能。只是我实在不看好这桩婚姻，毕竟过日子不是在衣襟上绣花，针针都是鲜艳。落入凡尘，她日日面对的是他的粗糙和潦倒，生计也难，她能坚持下来吗？

还是把她当做红玫瑰，以暗恋的方式，放在心里想着的好。现实一点，娶朵山菊花回家，粗眉大眼，手脚勤快，你打柴来我烧饭，把一段烟火日子，过到老。

落花有意，流水无情

终风且暴[1]，顾我则笑。
谑浪笑敖[2]，中心是悼[3]。

终风且霾，惠然[4]肯来。
莫往莫来，悠悠我思。

终风且曀[5]，不日有曀。
寤言不寐，愿言[6]则嚏。

曀曀其阴，虺虺[7]其雷。
寤言不寐，愿言则怀。

——《国风·邶风·终风》

【注释】

①暴：通“瀑”，急雨。

②敖：放纵。

③悼：悲伤害怕。

④惠然：有情有义。

⑤曀（yì）：阴云密布。

⑥愿言：思念的样子。

⑦虺虺（huǐ）：形容雷声。

读这首诗时，我脑子里蹦出这么一句，古来圣贤多寂寞。我把它换成了，古来女人忒多情。

唉，有情总被无情恼。

这是女人的致命弱点，是性别之特色决定了的，没办法的。

不少人揣测，《终风》中的这个女人，是庄姜。齐国公主，绝色美人，嫁与卫庄公，却不被卫庄公宠幸，独自哀怨一生。

我不以为，我只当她是滚滚红尘里，一个头脑简单，又天真又傻气的小女人，她在合适的年龄里，没有遇上对的人。

我们不妨还原一下他们的初相遇：

那日，年轻的她去集市上。他也去了。天气突然变了——“终风且暴”，又刮风又下雨的。她避到一檐下躲雨，与他相遇。他回头冲她一笑，笑得坏坏的。且拿言语，半真半假恶作剧地挑逗她。她一下子乱了芳心，又是欢喜又是害怕，却像被施了魔法似的。从此，这个坏坏笑着的男人，成了她的蛊。

男人不坏，女人不爱——这虽是一句玩笑话，可现实里，偏偏上演着这样的剧目。有时，在大街上看到一小混混身后，居然跟着一个清纯无比的好女孩，我总要无比的纠结愤恨，替那好女孩悲哀。干吗不找个好男人嫁了啊，干吗要爱上一个混混啊！我望得见不久的将来，她的眼泪她的被辜负。

女人是情感至上的动物，一旦用了情，就弱智得跟傻瓜一般。纵使全世界都反对，她仍会一根筋地走到底。

我们再来看看《终风》中的这个傻姑娘。她爱上的，恰恰是这么一个小混混。她与他，也有过短暂的柔情蜜意——“惠然肯来”。他一眼的照拂，就让她生出无限感激。她低到尘埃里了，还要在尘埃里，努力地开出花来给他看。

他的心，却似六月的天，叫她捉摸不定。他想来时，就来。想走时，就走。从来不会给出一个理由，更不会给出任何承诺。

她劝告自己，不要再爱，不要再爱。可是，却忍不住思念啊！想他的日子里，天空总是灰的，且霾，且曀，且阴。没有他在，眼前的一切，都阴晦得不成样子。雷声不时轰隆隆响在窗外，风声雨声不绝于耳。她无法入睡，整宿整宿地失眠，被冻着了也不自知。早起，她接连打着喷嚏，竟暗自喜悦了好一阵子，哦，“愿言则嚏”——那是你在想我吗？

哎，读到这里，我真是又好气又好笑。民俗有说法，打喷嚏是代表有人在想念着。这个傻姑娘竟信以为真。她全

然没了自我，忘了她早已寒气侵身。

我们再回头看看那个男人的态度吧，从一开始，他对这场情事，就是抱着玩玩的态度。且看，“谑浪笑敖”。一个“谑”字，简直有些惊心动魄。如一柄寒嗖嗖的剑，闪着冰冷绝情的光。没有尊重，没有怜香惜玉。——他是不爱她的。

落花有意，流水无情。不是造化弄人，而是她这朵“落花”自找的。尽管碰得头破血流，她仍拼了一腔泪一腔血，去守去等。

真恨不得拿把榔头砸醒她！我“呼啦”拆开一袋红枣，拣一颗放嘴里。这样纠缠不清的爱，多像滥情的电视剧，让我忍无可忍——姑娘啊，你犯得着这么贱么，自己买花自己戴，有何不好？却突然僵在一句话上，是她说的：“中心是悼。”

悼？多么悲悯的一个字！是悲痛，是怀念，埋葬掉从前的自己，为他，重新来过。

命运之舟，把她载到这个男人身边，她认命了，不抵抗，不挣扎。就像朱安之于鲁迅，40 年的婚姻，朱安一直想走近鲁迅，她痴痴等他，为他缝衣，为他做饭，尽心尽职伺奉他的母亲，他最终还是当她如路人。她左不过是落花，一生追着流水。这个木讷忠厚的乡下妇人，在最后时刻，说出这样一段痛彻心扉的话：“我好比一只蜗牛，从墙底一点一点往上爬，爬得虽慢，总有一天会爬到墙顶的。可是现在我没有办法了，我没有力气爬了。我待他再好，也是无用。”

年轻的女孩，在深夜给我打来电话，诉说她的烦恼。她告诉我，她爱上了一个人，那个人却一点儿也不珍惜她。她问我还要不要坚持下去。我说，如果你不想作践你自己，你就趁早收手吧。重新梳洗打扮一番，留条后路，好与自己相逢。

唱一支情歌 解解乏

爰[1]采唐[2]矣？沬[3]之乡矣。云谁之思？美孟姜[4]矣。
期我乎桑中[5]，要[6]我乎上宫，送我乎淇之上矣。

爰采麦矣？沬之北矣。云谁之思？美孟弋矣。
期我乎桑中，要我乎上宫，送我乎淇之上矣。

爰采葑[7]矣？沬之东矣。云谁之思？美孟庸矣。
期我乎桑中，要我乎上宫，送我乎淇之上矣。

——《国风·鄘风·桑中》

【注释】

①爰（yuán）：于何，在哪里。

②唐：植物名。即菟丝子。寄生蔓草，秋初开小花，子实入药。

③沬（mèi）：卫国地名。

④孟姜：孟家的大姑娘。孟：排行老大。姜：与后面的弋（yì）和庸，都是贵族姓氏。

⑤桑中：桑林之中。

⑥要：同“邀”。邀请。

⑦葑（fēng）：蔓菁。

我以为，这是一首情歌。不定是谁唱的，不定是唱给谁听的。就像陕北的信天游。就像广西壮族的山歌。谁都可以吼上一嗓子，男的，女的，老的，少的。高兴了，烦闷了，忧伤了，疲倦了……张开嘴就来一句：“云谁之思？美孟姜矣。”——哪个是我心心念着的人儿呀，就是那个漂亮的姜家大姑娘啊。至于那姑娘到底有多漂亮，大伙儿想象着去吧。唱的人只管把胸腔里积蓄的气儿，一股脑掏出来。纵使活得再难，因这一吼，也有了片刻的欢愉。

何况它是如此的美妙？歌里有姑娘水灵灵，歌里有爱情水灵灵。

唱它的，必是个汉子罢。现实里，他活得并不如意，穷家穷日子守着，生活维艰，想娶上一门媳妇也难。或许在垦荒的时候，他也曾邂逅过一个放牧的姑娘，彼此产生好感，私底下相许终身。却奈何现实是那么残酷，门不当户不对的，姑娘的父母强烈反对，终导致他们怅然分手。再思念，只能遥相望，就像信天游里唱的：“一个在山上一个在沟，拉不上话话招一招手。瞭的见那村村瞭不见人，泪蛋蛋抛在沙蒿蒿林。”

他的泪蛋蛋，抛在哪里？

他采唐采麦采葑，日日辛苦劳作着，汗水湿了身，泪水湿了心。最难的不是这个，而是心灵的孤寂。于是，他有事没事的，会对着数不尽的山山沟沟，吼上一首《桑中》，焐焐自己凉了的心窝。

歌里，他是幸运的情哥哥。“爰采唐矣？沬之乡矣”，我到哪里去割菟丝呢？我就到沬邑的野外去。割菟丝和后面的割麦子割蔓菁，都是为生活计。在歌里，却看不出沉重来，只有轻盈。野外天阔地阔的，最适合放飞情思了，所以，他念着姜家的大姑娘。那姑娘对他真叫有情有义——“期我乎桑中，要我乎上宫，送我乎淇之上矣。”

天，桃花运来了挡也挡不住，他遇到一个多么热情多么大胆多么率真的姑娘啊！姑娘不仅约他在桑树林中见了面，还邀请他到上宫的楼上去。楼前有月，只含羞不语。姑娘一声情哥哥，一定叫得他心儿绵软，像泡在蜜罐里。相聚时光，寸寸都闪着金粉的光芒。情话说到嘴发麻，这还没完呢，分别时，姑娘竟亲自把他送到淇水口岸，依依不舍。

还有弋家大姑娘，还有庸家大姑娘，都是美丽多情的好姑娘啊。这个在现实里活得卑微又渺小的汉子，他虚拟着那些美丽的姑娘，他虚拟着一场又一场艳遇，他陶醉在那些爱情里。人世间再多的不幸与不公，都不在话下了。他会活着，好好地活着，如岩缝中的草，如山沟沟里的树，顽强而努力。

想起那年我去陇西，赶马车的大爷，六七十岁了，脸上的皱纹，像一道道山沟沟密布。他突然一甩鞭子，扯开嗓子，对着光秃秃的山梁，唱起了他们那地方的花儿来：山丹丹花开刺玫瑰长，马莲花开到哈那个路上，我这里牵你那里想，热身子挨不到那个肉肉上……

他那厢唱得忘情，我这厢听得泪下。你看，人生至老，那一腔的情，总还在的。或许他从不曾拥有过，但他可以想念、热爱与向往，用他毕生的热情。

古老的情书

彼采葛[1]兮。一日不见，如三月兮！
彼采萧[2]兮。一日不见，如三秋[3]兮！
彼采艾[4]兮。一日不见，如三岁兮！
——《国风·王风·采葛》

【注释】

①葛：一种蔓生植物，块根可食，茎可制纤维。

②萧：植物名。蒿的一种，即艾蒿。古时用于祭祀。

③三秋：三个秋季，即九个月。

④艾：多年生草本植物。

热恋中的人，当有这样的体会，一日不见，如隔三秋。最难耐的是别离，哪怕短暂的分别也不行，“人道海水深，不抵相思半。海水尚有涯，相思渺无畔”，——相思就是这样的深入骨髓，叫人欲罢不能。

当年沈从文，独别张兆和，南下湘西，回他凤凰的老家。舟行水上，他写下了数不尽的相思："三三，我今天离开你一个礼拜了。日子在旅行人看来真不快，因为这礼拜来，我不为车子所苦，不为寒冷所苦，不为饮食马虎所苦，可是想你太苦了！""我就这样一边看水，一边想你。"相思如此漫长，迢迢难度。真恨不得帮他打马飞过，一眨眼，他就能见到他的爱人了。

想起我与那人恋爱时，光阴真是青葱般的，天地无一不好。他突然出差去湖南办案，一去十八天。我每天给他写一封信，信的开头是："今天是你走后的第一天"；"今天是你走后的第二天"；"今天是你走后的第三天"……一直写到他归来。日子那么漫长难捱，太阳走得慢极了，慢得好像一直在头顶上悬着。院子里的一藤丝瓜花，傻乎乎笑着，保持着一成不变的姿态。每一天的思念，都是煎熬。十八天的分别，如同过了几个世纪。他回来，捧给我的，竟也是一捧的相思。夜行的火车上，他看到窗外闪过的灯火，想我是其中的一个。在湖南的山中，看到满山的绿，他想起我的绿外套。

这样的相思，真叫我怀念。一个人的一生，若能相遇到这样的一回相思，那这个人，无疑是幸运的，幸福的，不枉来这人世走一遭。

如《采葛》中的这个男子。

很显然，他陷入了热恋中。不知因何缘故，心爱的姑娘与他有了暂别离。男子每日里，徘徊在姑娘曾经劳作的野外，望眼欲穿。他的眼前，晃动的都是姑娘往日劳作的样子，姑娘采葛、采蒿、采艾，活泼的身影，美好得像棵开花的草。

一天过去了，姑娘没有回来，男

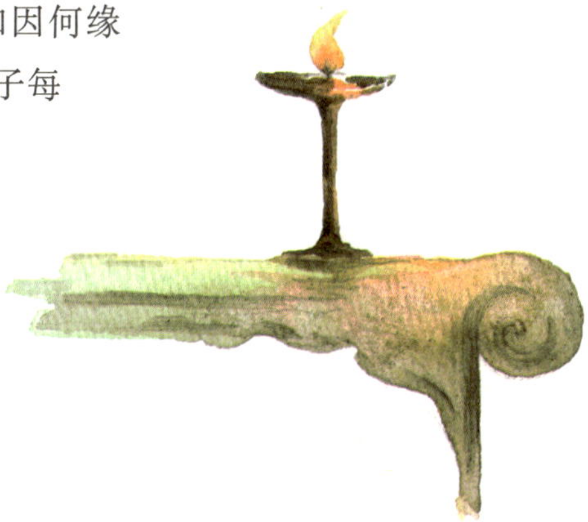

子像度过了三个月。又一天过去了，姑娘没有回来，男子像经历了九个月。再一天过去了，天哪，心爱的姑娘还没有回来，男子焦灼得不得了，简直度日如年了！

他吃不香，睡不好，做什么事都提不起劲来。脑子里，无时无刻，不在思念着心爱的姑娘。浓浓的相思，最终化作他心头的一支歌，反复在他的心头弹唱。他憋不住了，他真的憋不住了，他要唱出来！于是，一豆的灯光下，一封千古绝唱的情书诞生了：

彼采葛兮。一日不见，如三月兮！

彼采萧兮。一日不见，如三秋兮！

彼采艾兮。一日不见，如三岁兮！

——亲爱的，我多么想念你采着葛草的样子，一天不见你，我如同过了三个月啊！亲爱的，我多么想念你采着蒿子的样子，一天不见你，我如同过了三个季节啊！亲爱的，我多么想念你采着艾草的样子，一天不见你，我如同过了三年啊！

我不知道那个姑娘得此情书后，会是什么样的反应。意外？狂喜？激动？热泪盈眶？他们后来有没有修成正果，那不重要了。对于年轻的姑娘来说，在她的一生中，曾被人如此相思过，记忆当是丰盈的。我祝福她。

只缘感君一回顾

鴥[1]彼晨风[2]，郁彼北林。
未见君子，忧心钦钦[3]。
如何如何？忘我实多！

山有苞[4]栎[5]，隰[6]有六驳[7]。
未见君子，忧心靡[8]乐。
如何如何？忘我实多！

山有苞棣，隰有树檖[9]。
未见君子，忧心如醉。
如何如何？忘我实多！

——《国风·秦风·晨风》

【注释】

①鴥（yù）：鸟疾飞的样子。

②晨风：鸟名，即鹯（zhān）鸟，属于鹞鹰一类的猛禽。

③钦钦：忧心忡忡。

④苞：丛生的样子。

⑤栎（lì）：栎树。

⑥隰（xí）：低洼湿地。

⑦六驳（bó）：梓榆。相当于朴树。六指多，非确指。

⑧靡：不。

⑨檖（suì）：山梨。

晋人潘岳在他的《怀旧赋》里，写有这样两句诗："晨风凄以激冷，夕雪暠以掩路。"傍晚一场大雪，把一切覆盖得严严实实，白茫茫的世界，连路都望不见了。不知从哪里传来晨风鸟的叫声，又凄凉又激越。时光清冷，往事前尘，涌上心头。

同是晋人的陆机，也拿晨风鸟说事儿。在他的《拟〈行行重行行〉》中，有诗句："王鲔怀河岫，晨风思北林。"把一个游子不得归的无奈与伤痛，刻画得入木三分。

也难怪他们会不约而同拿它做了由头。这种类似于鹞鹰的鸟，早在诗经年代，就沾染上了离情别绪，清冷且决绝。

我们且来看看它在《晨风》中的样子。

"鴥彼晨风，郁彼北林"，——是在薄暮的黄昏吧？它振着翅，疾速地向着蓊蓊郁郁的森林更深处飞去。那里，有栎树和棠棣，斑驳丛生。低湿之地，还长着榆树和直立的山梨，枝条纵横交错。苍翠覆苍翠。

它飞过那些栎树和棠棣，飞过那些朴树和山梨，快如疾风般的。它的翅膀所掠过的地方，惊起一片碎光暗影。

年轻的姑娘，站在这样薄暮的黄昏下，远远望着晨风鸟飞走。她多么期盼它能回一下头，哪怕就一下也好。可它始终没有，决绝得不留一点念想。哦，天，这鸟儿多像他啊，说走就走，再无音信。

姑娘眼底染上黛青色了，那黛青色越抹越深。她到底站了多久了？腿脚早已麻木，心却热烈滚烫着，“未见君子，忧心钦钦。”——亲爱的人，我没有见到你，叫我多么忧心忡忡难以欢喜啊！

是的，爱上他，他就成了她的软肋。她一次次徘徊在他们往日约会的森林边，树木还是那么蓊郁，有栎树，有朴树，有棠棣，有山梨。每一棵树上，仿佛都住着一个他。往日恩爱情形，过电般的，闪过她的脑际。亲爱的人，你到底在哪里？

哦，未见君子，忧心靡乐！未见君子，忧心如醉！姑娘的心，就这么一会儿上，一会儿下，一会儿自怨自怜，一会儿又跺脚发狠。她有了怨嗔：“如何如何？忘我实多！”——怎么样怎么样，是你把我彻底忘得光光的吧！

哎，是不是在爱情中，谁付出得越多，谁就越容易受到伤害？

我曾遇见过一个女孩。女孩与男朋友是在一次旅行途中相识的。他们一个天南，一个地北，却不妨碍两颗年轻的心，擦出爱的火花来。那次，他们一起游完古城凤凰，一起游完九寨沟，返回时，已难分难舍。他当时正在读研，他说，等他读完研，就到她的城来找她。后来，女孩等来的，却是他出国的消息。

恋情还在继续，他们会打越洋电话，会视频聊天。开始还算频繁，一个星期会聊上一两次。后来，变成了半个月聊一次。再后来，一个月也聊不上一次话了。女孩想他想得实在痛了，就把他曾经送的东西，捧出来，反反复复抚摸。一袭大红的披肩，是他在凤凰买给她的。那时他说，他要用披肩，把她整个人从此裹住。一枚玉戒，是他在张家界买的。他说，戴了他的戒指，就是他的人了。他说得霸道极了。女孩从中读到的，却都是爱。

你说，这样的他，会变心吗？他真的会忘了我吗？女孩问。

我无法回答她。

如何如何？忘我实多！

真相有时就是这样的，只是她自己不愿意相信罢了，不愿意从梦中醒过来，而是任性地、固执地守着从前。

在爱面前，我们往往都是有些偏执的孩子，一朝认定，很难回头。千回百转，百转千回，只缘感君一回顾，使我思君朝与暮。

白杨知道他的心

东门之杨，其叶牂牂①。
昏②以为期，明星③煌煌④。

东门之杨，其叶肺肺⑤。
昏以为期，明星晳晳⑥。

——《国风·陈风·东门之杨》

【注释】

①牂牂（zāng）：风吹树叶的响声。

②昏：黄昏。

③明星：启明星，晨见东方。

④煌煌：明亮。

⑤肺肺（pèi）：同“牂牂”。

⑥晳晳（zhé）：同“煌煌”。

他们约定了，黄昏时，在东门外相见。

是初次约会吧？

他是早就喜欢上她的。

追求姑娘的过程，不是那么容易。不过，姑娘终于松口了，这不，答应跟他约会呢。

可以想见，他是多么的欣喜若狂。从早上起就坐立不安，盼着黄昏降临。他也早早地就做好约会的准备，身上穿的衣服鞋袜，无一不是干净整洁的。还挖空心思的，给姑娘备了一份礼物。

喜欢一个人，是有着这样的紧张的，生怕哪里做得不好，而生生错过了她。

我有同事小罗，喜欢上一个女孩子。头一次跟女孩子约会，小罗紧张得如临大敌。他请我们撮了一顿，饭桌上，他很郑重地托大家帮他献计献策，如何能给女孩子留下好印象。从梳理什么样的发型，到穿什么颜色的衣服，搭配什么颜色的鞋子，带什么样的礼物，说什么样的话，都考虑到了，简直事无巨细。

那天，小罗得到了一张清单，单子上密密麻麻的，都是同事们给的建议。有同事恶作剧地写道，去前口含奶片，保持唇齿留香。小罗竟也虔诚地一一照办。当然，小罗最后约会成功了。不久，举办了婚宴。婚宴上，同事们拿这当笑料，很是取笑了他一番。

这里的这个青年，好像没有我们小罗的好运气。

他没有等到黄昏，就早早跑到东门外了。那里，长着一些杨树，又茂密又高大。他在杨树下徘徊，心里涨满喜悦和幸福。

东门之杨，其叶牂牂。

往常见惯的这些寻常之景，听惯的这些寻常之声，这会儿，在青年的眼睛里、耳朵里，都有着无限好意。天也是好的，地也是好的，风也是好的，树也是好的，无一不是好的。

听，一阵风来，头顶上的杨树叶，哗啦啦地唱着歌呢。

青年的心，也欢快地唱起歌来，他马上就要见到亲爱的姑娘了！

夕照的影子，慢慢儿移过一片杨树叶，再移过一片杨树叶。终于，最后一道光芒，像鸟的尾巴划过，不见了。刚刚还披着金光的杨树们，渐渐的，成一团一团的暗影了。天黑下来，只有风还在不停地吹，吹得树叶哗啦啦。

他等的姑娘没有来。

星星们布满天空，东门外再不见行人。只有他和他的影子在徘徊，姑娘没有来。

风还在吹啊吹啊，杨树的叶子，哗啦啦，哗啦啦。

真恨不得拽住他，大喝一声，傻瓜，你还是回家去吧，你要等的人，她今天是不会来的了。

可青年哪里听得进去劝告！他坚信她会来的。他要一直等下去，直到把她等来。

那一夜，真是漫长啊。夜露降了。星星们坠落了。风吹了一夜。姑娘没有来。

直到"明星煌煌"，"明星晢晢"。哦，天快破晓了，只剩启明星在一闪一闪。姑娘还是没有来。

青年还站在那里，等着，等着。白杨知道他的心。

真替他捏一把汗，姑娘要是永远不来，他是不是要永远等下去？

《庄子·盗跖》中，记载了这样一个故事：

尾生与女子期于梁（桥）下，女子不来，水至不去，抱梁柱而死。

青年尾生，与一个女子相约于桥下相见。尾生等在那里，女子却始终未曾出现。不幸的是，河水突然暴涨，尾生却执意不肯离去，最后抱柱溺毙。

尾生因此成了痴情和信守承诺的典范，历代的人，对他颇多赞美。我倒不以为然，爱情很迷人，但有时，也得把握好分寸，不然，反倒会误了卿的性命。连性命都没了，你还拿什么去爱？

所以，我希望《东门之杨》中的这个青年，可以痴情，但不要太过执念。留得青山在，不怕没柴烧，他不要做出像尾生那样的傻事来才好。

爱你在心口难开

隰[1]桑有阿[2]，其叶有难[3]。
既见君子，其乐如何。

隰桑有阿，其叶有沃[4]。
既见君子，云何不乐。

隰桑有阿，其叶有幽[5]。
既见君子，德音[6]孔[7]胶[8]。

心乎爱矣，遐不[9]谓矣？
中心藏[10]之，何日忘之！

——《雅・小雅・隰桑》

【注释】

①隰（xí）：低湿的地方。指洼地。

②阿：通“婀”，柔美的样子。

③难（nuó）通“傩”，柔美的样子。傩：行走姿态柔美，如佩玉之傩。

④沃：润泽，肥厚的样子。

⑤幽：同“黝”，青黑色。

⑥德音：美好的声音。

⑦孔：很。

⑧胶：牢固。指男子情意殷切，执一不变。

⑨遐不：何不。

⑩藏（zāng）：通“臧”。善，好。

我喜欢活泼的姑娘，我也喜欢羞涩的女孩子。活泼有活泼的可爱，是海棠花开般的，春风一吹，就等不及了，“噗啦”一下，全都绽开了。羞涩有羞涩的含蓄和柔弱，是躲在绿叶子下面的水仙花骨朵儿，她的小心事，是要千呼万唤，才肯一点一点，往外吐的。

如这里的这个采桑女。

是情窦初开的年纪吧？她喜欢上一个人，却不敢跟他说，只把那心事小心藏着。这个人与她，应该是常常能见上面的，说不定就在同一个村子里住。

因心里住着爱和喜欢，艰辛的劳作，也变得轻松起来，美好起来。

这不，她在地里采桑，心情莫名的好，一棵棵再平常不过的桑树，在她眼里，也有了动人。

隰桑有阿，其叶有难。

隰桑有阿，其叶有沃。

隰桑有阿，其叶有幽。

她一边采着桑叶，一边对桑树没完没了地抒情，哎呀，这洼地里的桑树，它们的枝条多么柔美呀。叶子多么肥厚呀。颜色多么幽深呀。在彼时的她的眼里，万物身上，都描上了爱的影。

是的，她爱着呢。每一片桑叶上，都晃动着那个人。

喜剧的一幕，突然出现。她一抬头，竟看到她正想着念着的那个人。他远远走了过来，她的心，立刻欢快地跳起了舞蹈：

既见君子，云何不乐。

心里是有一千个一万个声音，在对着那个人喊，见到了你，我多么快乐！可是，她嘴上却羞涩得愣没说出一个字，只埋了头，假装继续采桑叶。

倒是他，很大方地停住了，关切地问候了她。她没敢抬头，笑着简短地小声地应了两声。心里有两个声音在激烈打斗，一个说，快，快，告诉他，告诉他，他美好的声音，已让我体会到他的情真意切。另一个说，不，不，不能说。

等到那个人去远了，她后悔得直咬自己的嘴唇：

心乎爱矣，遐不谓矣。

中心藏之，何日忘之！

——唉，我心里明明是爱着他的呀，为什么不告诉他呢！他一直在我的心里美好着，哪一日能忘记！

日本电影《情书》里，也描述了类似的一个故事。

两个名字都叫藤井树的少男少女，在同一个中学同一个班级念书，男藤井树爱上女藤井树了，不说，却用另一种方式接近她。他故意藏起了她的英语试卷，让她寻到夜阑人尽。他故意从后面骑车赶上她，给她套上纸帽子捉弄她。风吹动洁白的窗帘，他执一本书，站在窗帘后，偷偷看她。她一抬首，望见他的人、他的脸，他却迅捷隐到窗帘后。他去图书馆，频繁地借书，在每张借书卡上写下“藤井树”的名字，把负责管理图书的她，忙得够呛。她父亲去世，她在家陪伤心过度的母亲，他突然去敲她家的门，让她帮还借的书，书名是《追忆似水年华》。并没有多话，他莫名其妙地来了，又莫名其妙地走了。她笑了。再去上学，却意外得知，他已转学……

一别多年，女藤井树再得知他的消息，他已在一次登山途中不幸遇难。一群年轻的小学妹，在他们当年读书的图书馆里，发现了一个秘密。秘密是在那本《追忆似水年华》的借书卡上，男藤井树签下的名字“藤井树”，笔迹依然清晰，借书卡的反面，却画着女藤井树的画像。小学妹们捧了书去找女藤井树，女藤井树记忆里往昔的碎片，一片一片被拼凑完整。于是真相大白，原来，男藤井树一直深爱着女藤井树。

有一首英文歌《More Than I Can Say》(《爱你在心口难开》)，曾相当风靡。被台湾的凤飞飞用中文演唱，迷倒一大批听众。它意译过来的意思就是，爱你在心口难开。

人类的情感，原是大同小异的，少有惊天动地可歌可泣的，更多的，只是这般俗世的寻常，却如春天的柳条般的，一枝一叶都动人。只因为，这样的青春好时光，我们都曾经历过，或正在经历着。

都是月亮惹的祸

月出皎兮，佼人[1]僚[2]兮。
舒[3]窈纠[4]兮，劳心[5]悄兮。

月出皓兮，佼人懰[6]兮。
舒忧受[7]兮，劳心慅[8]兮。

月出照兮，佼人燎[9]兮。
舒夭绍兮，劳心惨[10]兮。

——《国风·陈风·月出》

【注释】

①佼（jiǎo）人：美人。“佼”通“姣”。

②僚（liǎo）：美丽。通“嫽”。

③舒：举止轻盈。

④窈纠（yǎo jiǎo）：体态婀娜多姿。

⑤劳心：思念。

⑥懰（liǔ）：妩媚。

⑦忧受：愁苦的样子。下文的“夭绍”与之同义。

⑧慅（cǎo）：心神不宁。

⑨燎：明亮。

⑩惨：忧愁不安的样子。

我还是能偶尔见到明晃晃的月亮的。在盛夏，或是在仲秋的某个夜晚。

这要得益于我居住在一个海边小城。小城工厂很少，周边居民，还是以农业为生，他们在地里勤勤恳恳地长蔬菜种庄稼。雾霾也是有的，但隔三差五的，蓝天会来造访。你在路上走着走着，也许就能撞上。蓝，是真的蓝啊，蓝绸缎一样的铺着。像从前。

从前的天空，都是这般蓝的。从前的月亮，也都如银盘子一样大而亮。

特别是秋天。

那个时候，秋天的夜晚，好像都有一个白莲花一样的月亮，在村庄的上空悬着。村子里的晒场上，黄黄的玉米棒，堆成了小山。基本都靠人的双手，把这小山样的玉米棒，一根一根剥光。晚上，大人们带着孩子，围坐在一起，剥。月光均匀地给每个人都镀上了一层象牙白，那些白天看上去，又黝黑又粗糙的乡人，那会儿，竟有种说不出的婉转和柔美。

不远处的草垛子也是美的。晒场边长着的几棵刺槐也是美的。地里的庄稼也是美的。庄子上低矮的房屋，也是美的。房屋后面的河流也是美的。整个大地，一片莹光流转，无一处不美。我常常被惊着了，看呆过去。那时人小，不懂自然的大美，只觉得眼前景象，真正是不可思议。

现在，这样的月亮已很少很少有了。

西藏倒是多着的。去过西藏的人，回来时的最大感触是，那里的月亮好大好亮啊，简直像是要掉下来。

那样的月亮，从此也只能住在心上。

偶尔碰到这样的月亮，我会在月下待很久，磨蹭着不想走。心里很自然地跳出这样的诗句来：

月出皎兮，佼人僚兮。

是的，我希望在月下，能逢上一个美人，她的身上镀满月光的清辉，闪着白瓷一样的光芒。

就如几千年前陈国的这个姑娘一样。

她在皎洁的月光下出现了，她步履轻盈，身姿曼妙。月光在她的长发上雕镂，在她的眉上、唇上雕镂，在她的肩上雕镂。她是用月光雕出来的一个人呀，不染一点尘埃。

或许白天，她也只是平凡的一个姑娘。可夜晚，却让她的美，焕发到极致。她成了一只媚惑青年的狐。

那青年呆呆望着，傻瓜般的赞叹道，美啊！

这是月亮的功劳。

我堂哥看上堂嫂，就是月亮做的媒。堂哥年轻的时候，是个比较挑剔的主，相过很多回亲，无一成功。一晃都三十大几了，有一天，他却突然宣布，他喜欢上一个姑娘了。我们都兴奋地猜测，那姑娘是何方女神。待到见面，大失所望，姑娘的长相，根本比不得前面那些相亲的。堂哥却和她顺利相爱，顺利结婚，婚后感情一直很好。

堂哥是在一次酒喝得有些高了后，才揭开谜底的。他说那天，也是别人介绍他们见面的。见面后，堂哥对堂嫂并不来电。天晚了，堂哥出于礼貌，送堂嫂回家。那晚，天上有个大大的月亮。他们踩着月光的影子，沉默地走着。走到弄堂口，堂哥偶一偏头，瞥过去，看见奶白的月光，从堂嫂的身上，披散下来，堂哥的心，突然地跳得剧烈。堂哥说，你不知道，她的侧脸看上去有多美。

我能想象，那晚的堂嫂，一定是"佼人懰兮"、"舒忧受兮"，"佼人燎兮"、"舒夭绍兮"。

这样的月色，太容易让人沦陷。

如陈国的这个青年，月下的一次偶然相逢，就让他一头坠进无边的相思里，整日念着那个月亮一般的美人，念得"劳心悄兮"、"劳心慅兮"、"劳心惨兮"，惆怅不已。

唉，都是月亮惹的祸啊！

一种相思，两处闲愁

采采①卷耳，不盈顷筐。
嗟我怀人，寘②彼周行③。

陟④彼崔嵬⑤，我马虺隤⑥。
我姑酌彼金罍⑦，维以不永怀。

陟彼高冈，我马玄黄⑧。
我姑酌彼兕觥⑨，维以不永伤。

陟彼砠⑩矣，我马瘏⑪矣。
我仆痡⑫矣，云何吁矣！

——《国风·周南·卷耳》

【注释】

①采采：采了又采。

②寘（zhì）：同“置”，放，搁置。

③周行（háng）：环绕的道路，特指大道。

④陟（zhì）：升；登。

⑤崔嵬（wéi）：山高不平。

⑥虺隤（huī tuí）：腿软。

⑦金罍（léi）：青铜做的酒器。

⑧玄黄：马因生病毛色焦枯。

⑨兕觥（sì gōng）：用犀牛角制作的酒器。

⑩砠（jū）：有土的石山，或谓山中险阻之地。

⑪瘏（tú）：疲惫而病。

⑫痡（pū）：义同“瘏”。

卷耳是什么？有人说是苍耳子。我表示严重怀疑。苍耳子我太熟悉了，小时在乡下，这种植物最不为众人喜。因为它的叶子很苦，果实上裹满了小钩刺。人从旁边过，不小心被它“钩”住，衣服上、头发上都粘满了这种烦人的小果果，那得花上大半天时间清理。

也有人说是婆婆指甲菜。这种可能性比较大。婆婆指甲菜，又名山马齿苋，是种用途极广的草药。嫩苗也可食用。

不过，对于这里的这个小女人来说，她来采的是什么，采了做什么用的，她似乎并不在意。她只是找点事情做做，聊以打发难捱的时光罢了。

她运气不坏，嫁得如意郎君。且所嫁之人，非官即商，家境富裕，她不要为生活计。所以，有着大把的时间，把生活调制成一杯浪漫的酒，与他，浅斟慢饮，你吟诗来我弹瑟。

可是，新婚不久，他就不得不与她暂别离，出了远门。生活到底不全是花前月下，它有着更为现实的一面，他要去朝贡。

约好归期的罢？长则两三个月，短则十天半月。可是，他一去竟是小半年了。秋已过去，冬已过去，现在，满眼都是春了。

她整个的人，变得恍惚，听到马蹄声，以为是他。听到咳嗽声，以为是他。风轻轻吹过树梢，她都误以为是他归来了。

“打起黄莺儿，莫教枝上啼。啼时惊妾梦，不得到辽西。”她大概也做过这样的傻事，捡起土块打枝头的鸟儿，埋怨它的啁啾，惊扰了她跑去与他团聚的梦。

地里的婆婆指甲菜绿成一片了。别的人去采，她也就提了只小筐子，混在里面采，好减缓对他的思念。可思念却如影随形，让她无一刻心神安宁。她不断地朝着他回来的路口张望，希望能看到他的身影。

采采卷耳，不盈顷筐。

嗟我怀人，寘彼周行。

瞧，她的小心思到底藏不住了，她采啊采啊，大半天过去了，浅口的小筐子，还没装满。一颗心，早就跑去与他相会了，手边的小筐子什么时候被碰翻在大路旁的，也不自知。

后世有首《春闺思》，跟这有异曲同工之妙：

袅袅城边柳，青青陌上桑。

提笼忘采叶，昨夜梦渔阳。

后世这个采桑女当不知，早在她之前的诗经年代，就有个小女人，如她一样，无心采摘，陷在绵绵无尽的思念中。

他呢，在她的眺望中，也正策马扬鞭心急如焚地往家赶的。都说久别胜新婚，他也期望早点见到她的。

路上却出了些小意外，先是“陟彼崔嵬，我马虺隤”。刚登上土石山，马的腿脚就开始发软啦。他只好原地休息，叫仆人取来他的青铜酒杯，满满斟上酒。他对她隔空说情话：

维以不永怀。

——哦，我只是借酒浇愁，以慰藉我对你的长久思念啊！

待他登上高高的山脊梁，又“我马玄黄”。天哪，马竟生病了！没办法，他只好再次停下来，“我姑酌彼兕觥”。还是借酒浇愁，不过，这次他使用的酒杯，是用犀牛角做的兕角杯。可见得，他是个讲究生活品位的男人，尽管归途一再不顺利，他对生活所抱有的热爱，一点也没打折扣。

他一边喝酒，还是一边对她隔空喊情话：

维以不永伤。

——哦，唯有这样，才能减缓我见不到你的伤感啊！

山还高着，水还长着，他们还隔着山高水长哪。好不容易登上了乱石冈，更大的意外出现了：

陟彼砠矣，我马瘏矣。

我仆痡矣，云何吁矣！

连日的赶路，马终于累倒了，身边的仆人也疲累而病。他忍不住对天长叹，亲爱的亲爱的，这真叫我忧愁不已啊！

他这一声长叹，留下了千古佳话一段。天地间，原是有恩爱有情长的。

念你在黄昏

君子于役[①]，不知其期。曷至[②]哉？
鸡栖于埘[③]，日之夕矣，羊牛下来。
君子于役，如之何勿思！

君子于役，不日不月。曷其有佸[④]？
鸡栖于桀[⑤]，日之夕矣，羊牛下括[⑥]。
君子于役，苟[⑦]无饥渴？

——《国风·王风·君子于役》

【注释】

①于役：到外面服役。于：往。

②至：归家。

③埘（shí）：鸡窝。

④有佸（yòu huó）：相会，来到。

⑤桀（jié）：鸡栖的木桩。

⑥括（kuò）：来到，汇集。同“佸”。

⑦苟：或许。表示一种愿望。

又是长别离。

他去服劳役。一走杳无音信，不知归期。

她守着他们的家，成留守女人。

小小农家，鸡一群，羊几只，牛两头。

都是不善表达感情的人，平日夫妻在家，也无甜言，也无蜜语。过日子是最讲实际的，他们聊猪聊羊聊娃儿聊四季庄稼，你种菜来我浇园，把日子过得稳稳扎扎。

这样的夫妻，我们随便到乡村走一走，都能碰到几对。身体结实，皮肤黝黑，笑容憨憨的。他们吃苦耐劳，浑身仿佛有使不完的劲。他们待人诚恳，话语里总含了谦卑谦和。家里或许并不殷实，有时还会遇点小灾小难的，但他们不怨天，不尤人，多大的苦，都自己一肩扛着，顽强而努力地活着。他们是山沟沟里的草，不为人知。他们也无须你知道，他们只活着自己的活。

突然的，他成征夫。这是宿命，抗不了的，他们不抗，很平静地接受了这种别离。他粗声粗气说一声，我走了。她大概也没有多少话，答应一声，哦。这就别了。他的肩上，背着她打理好的包裹，里面有她纳的布鞋，有她连夜烙的饼。她的好，他知道。而家里的水缸，他已提前把水挑满。坏掉的篱笆墙和鸡窝，他也给修好。他的好，她也知道。

别后的日子，一天一天过去了。她很能干，该做的活计，一样也没有落下，养鸡养羊养牛，也种庄稼，她手脚麻利着呢。她希望，他回来时，迎接他的，还是一个红红火火的家。劳碌的间隙，她会走一走神，想一想他。她的数字概念可能很模糊，掰着手指头也不能把别后的日子算准，她只知道他走了很长很长时间了，不日不月的。什么时候才能见面呢？

鸡栖于埘，日之夕矣，羊牛下来。

鸡栖于桀，日之夕矣，羊牛下括。

黄昏来临，夕阳西下，鸡们觅食归来，一只只栖落在鸡窝上头，咯咯咯地叫得欢，它们该进窝睡觉了。吃得饱饱的羊和牛，也慢悠悠地从山坡上下来了，它们沐着夕照，身子泡在一层黄昏的金粉里。风吹得又轻又柔，黛色四涌。忙活了一天的女人，这个时候，也该歇歇了。她望着遥远的天边，思念终于如潮水般涨起，她强烈地想他了。

君子于役，如之何勿思！

君子于役，苟无饥渴？

知是归期未有期，她只剩一个朴实的愿望，就是想知道他好不好。——你在外服役，叫我怎能不牵挂！你有没有挨饿，有没有渴着？

黄昏最易惹离思。想她若会吹笛，大概也会拿支笛子，坐在黄昏下，幽幽地吹。"烽火城西百尺楼，黄昏独上海风秋。更吹羌笛关山月，无那金闺万里愁。"这是后世王昌龄的笛声，幽怨是幽怨了，凄婉是凄婉了，还兼着有一点点高雅的忧伤，却少了这个女人朴实无华的烟火味。那是人间至情至爱味。

她让我想起一些民工的妻子，她们和她，有着同样憨厚的一张脸，皮肤黝黑，性情纯良。城市一隅，她们的男人，或在工地上，或在工厂里，干着那最粗最累的活。山水相隔，她们在家，也是一刻不闲，养鸡养羊，带着娃。也只在黄昏时，才得空闲放飞思念。我见过一个民工妻子写的书信，那是写在孩子的作业本上的：

孩他爸，家里的麦子已经收了，玉米种也下了。两头猪快出栏了。告诉你一个好消息，家里的羊，下了两只小羊呢。孩子也听话，读书很用功。我们都很好，你放心吧。就是担心你，怕你吃不饱。你每顿要多吃两个馒头，多吃才长劲的。不要舍不得花钱，隔三岔五的，也要弄点荤菜吃吃，这样才有营养。

信写得不见缠绵，却字字缠绵。亲人，你在外吃饱了，喝足了，我也就心安了。

世间最深的情，最真的爱，原是融入这样的烟火里的。

悔教夫婿觅封侯

伯①兮朅②兮，邦③之桀④兮。
伯也执殳⑤，为王前驱。

自伯之东，首如飞蓬。
岂无膏沐⑥？谁适⑦为容！

其雨其雨，杲杲⑧出日。
愿言思伯，甘心首疾。

焉得谖草⑨？言树之背。
愿言思伯，使我心痗⑩。

——《国风·卫风·伯兮》

【注释】

①伯：兄弟姐妹中年长者称伯，此处系指其丈夫。

②朅（qiè）：威武强壮。

③邦：国家。

④桀：通“杰”，出众。

⑤殳（shū）：古代兵器，杖类。

⑥膏沐：妇女润发的油脂。

⑦适（dí）：悦，取悦。

⑧杲（gǎo）：明亮的样子。

⑨谖（xuān）草：萱草，忘忧草，俗称黄花菜。

⑩痗（mèi）：忧思成病。

“首如飞蓬”这个词我是早就知道的，词义多贬义。女人一旦沾上这个词，留给人的印象，大抵不会好到哪里去。谁会喜欢上一个头发乱如蓬草般的女人？这样的女人，不是懒得出奇，就是境遇糟蹋得要命。无论是其中哪一种，都不招人待见。

当我看到这首《伯兮》时，小惊了一下，原来出处在这里。几千年前，就有个女人，首如飞蓬来着的。却不让人生厌，反生出怜惜来。这个小女人没做怨妇，她做思妇了。做了思妇的她，思念到无心打扮。她颇为理直气壮地说：“岂无膏沐？谁适为容！”——我不是没有润发油啊，只是我打扮漂亮了给谁看！

后世不知多少女子，步了她的后尘，把自己搞得首如飞蓬来着。如“膏沐芳馀久不御，蓬首乱鬟不设簪”里的女子，不抹润发油也就算了，连簪子也懒得戴了，那头发真够乱的！再看“病起无聊倚绣床，玉容清瘦懒梳妆”，这里面的女子，做得更决绝了，干脆就来个懒梳妆。什么润发油，什么破簪子，还有胭脂水粉啥的，统统不要。那么，她就不单单是首如飞蓬的问题了，那面容的惨白，也许更怕人。——她却一概不在意的。因何？因找不到可以悦她的人啊！

女为悦己者容。对女人来说，少了悦己的那一个，生活的鲜活就不再了。就像花开得再明艳，若无人欣赏无人知晓，那就等于白白盛开一场了。“妆罢低声问夫婿，画眉深浅入时无”，瞧瞧，这个新娘子不但要为夫婿梳妆打扮，还生怕那妆弄得不好，细致到连画条眉线，也兀自惴惴不安着。不知《伯兮》中的这个女人，是不是也这样，每日晨起梳妆，举着头问夫君，我梳的头好看吗？——因为爱你，我就是要好看了给你看。

举案齐眉的好日子，却突然中断了，男人从军去了。女人真是一半欣喜一半忧伤：

伯兮朅兮，邦之桀兮。

伯也执殳，为王前驱。

别离当然让她不胜愁苦，可看到自家男人戴上盔甲，执了兵器，站在队伍前面那威武雄壮的样子，她还是打心眼里感到骄傲和自豪的。那个时候，男人的荣光，多半是在战场上，英勇冲杀，便可建功立业。女人的贤惠，多半体现在以男人的荣光为荣光。所以，这个女人一心支持男人从军，努力做着好军嫂。

她应该做过这样的梦，男人功成名就后，敲锣打鼓，荣归故里，军功章里有他的一半，也有她的一半。然这些金光闪闪的荣誉，终敌不过一日一日的远别离，她想他了。思念的弦，一经拨响，就响彻心肺，无止无息：

其雨其雨，杲杲出日。

愿言思伯，甘心首疾。

她不想假装坚强了。天说好下雨的也没下，却出了大太阳，叫她看着真是憋闷。——我默默想念你呀我的人，想得我的头都痛了。

无法。只好转移了视线，去找来忘忧草，把它们栽种到后庭。她看着那些忘忧草一日日长大，它们开花了，细长的花瓣，朝着远方张着。她不但没有忘忧，反倒激起更深的思念来：

愿言思伯，使我心痗。

——哦，我就是想你啊我的人，想得我心痛不已。

唉，真叫人替她愁得慌，战争无止无境，他的那个人，什么时候才能归来？

“忽见陌头杨柳色，悔教夫婿觅封侯”，忘忧草一朵一朵，在清风里，无忧绽放。她的心头，是不是也袭上这样的忧伤，悔教夫婿觅封侯？

再多的功名利禄荣华富贵，原抵不过一夕相守。从来摸得着的幸福，都是真实而具体的，就是能握住那个人的手，叫着他的名字，看着他微笑，在他的眼睛里，找到自己。

第二辑

相见不如怀念

相见不如怀念。

红尘陌路，因不曾再有交集，这才有了记忆里的不朽。

相见不如怀念

有女同车，颜如舜华[1]。
将翱将翔[2]，佩玉琼琚[3]。
彼美孟姜，洵[4]美且都[5]。

有女同行，颜如舜英。
将翱将翔，佩玉将将[6]。
彼美孟姜，德音[7]不忘。

——《国风·郑风·有女同车》

【注释】

①舜华：指木槿花。

②将翱将翔：似在飞翔。

③琼琚：美玉。

④洵：确实。

⑤都：闲雅。

⑥将将（qiāng）：即“锵锵”，玉石相互碰击摩擦发出的声音。

⑦德音：美好的品德声誉。

不是刻意的相遇，绝对不是。

若是刻意的，就一点儿也不好玩了。也显得轻佻，失了真诚与坦率，令人生厌。

要的就是这样的偶然，完完全全的，一场偶遇。纯意外的。

我们把这称之为艳遇。

谁不曾期望过自己的生命里，有过一场艳遇呢！

大街上，人群里一个不经意的回眸，也许就对上眼了。是男未娶，女未嫁，怦然心动怦然心动哪！有的会有后续，历经辗转，终成眷属。有的没有了后续，他回他的故乡，她回她的故乡，完全是不相干的两个人了。可是，记忆的那一页，却永远是风清日朗的好模样。每每想起，嘴角边都要不自觉的，漾起一丝微笑来。

有时，相守未必见得幸福，怀念才是永恒。

就像《有女同车》中的这场“艳遇”。

不得不说，诗经年代真是个好年代。那是个遍地艳遇的年代，桑树林中、河畔、沟渠旁，山沟沟里，还有这马车上，随时随地，都有可能相逢到一场艳遇。那时候，一些清规戒律尚未出笼，人性也“野”，更接近原始的本质。男欢女爱，在他们看来，是再自然不过的事了。就像春天来了，草会绿。秋天到了，果子会成熟。

我们还是来看看《有女同车》中这个艳福不浅的男人吧。

他乘车去往何方呢？又是去做什么的呢？是去游玩，还是要去参加祭祀？是去赶集，还是要去野外狩猎？那都不重要了。重要的是，他上车之后，意外发现，有个姑娘，竟跟他同乘了一辆车。

这本也正常，一般不会太让他上心。他们会一路默默地坐到头，然后分别。陌生的还是陌生，很快会彻底遗忘。可是，这个姑娘不一样，这个姑娘就像一轮满月般的，把整辆马车，照耀得清辉遍布。他忍不住偷偷打量了又打量，直直在心里赞叹，秀色可餐，秀色可餐哪！

却没有轻狂，而是克守着自己的本分，发乎情，止乎礼。他们或许有过交谈，他知道她是姜家的大姑娘。便又添了一层仰慕。姜家是当时的大姓，这姑娘举止娴雅，落落大方，教养不凡。他发自内心地感叹：

彼美孟姜，德音不忘。

——那个姜家的大姑娘，美好的品德，真正叫人难以忘怀啊！

这姜家的姑娘，对他，或许也生着好感。他们之间，却不曾有故事发生。到达目的地后，她走她的路，他走他的路，再无相逢。

他的人生，却因此有了不同。他时不时的，会对人回忆起这场艳遇。那日，姑娘的穿着打扮，姑娘的音容笑貌，一点一滴，都在他心里生了根：

将翱将翔，佩玉琼琚。

将翱将翔，佩玉将将。

——哎，你是没看见啊，那姑娘长发飘飘，裙袂飘飘，仿佛就要飞起来了。随着马车的晃动，她身上的佩玉，也不停地发出悦耳的丁零声。她实在是，太漂亮了！

他用舜华来形容她。他说她"颜如舜华"。舜华，指的是木槿花。这种植物，乡野中多常见。花开缤纷，颜色浅淡，素净不俗，看上去又安静又本分。他用它来比喻那姑娘，真正是妥帖。

真是羡慕那个姜家姑娘。她永远如一朵木槿花般的，开在他的心上，一开就是几千年。

相见不如怀念。红尘陌路，因不曾再有交集，这才有了记忆里的不朽。

像风像雨又像雾

蒹葭[1]苍苍[2]，白露为[3]霜。
所谓伊人，在水一方。
溯洄[4]从[5]之，道阻且长。
溯游[6]从之，宛在水中央。

蒹葭萋萋，白露未晞[7]。
所谓伊人，在水之湄[8]。
溯洄从之，道阻且跻[9]。
溯游从之，宛在水中坻[10]。

蒹葭采采，白露未已[11]。
所谓伊人，在水之涘[12]。
溯洄从之，道阻且右[13]。
溯游从之，宛在水中沚[14]。

——《国风·秦风·蒹葭》

【注释】

①蒹葭（jiān jiā）：芦荻，芦苇。蒹：没有长穗的芦苇。葭：初生的芦苇。

②苍苍：形容茂盛的样子。下文的“萋萋”“采采”与之义同。

③为：凝结成。

④溯洄（sù huí）：逆流而上。

⑤从：追，追求。

⑥溯游：顺流而涉。

⑦晞（xī）：干。

⑧湄（méi）：水和草交接之处，指岸边。

⑨跻（jī）：升高，这里形容道路又陡又高。

⑩坻（chí）：水中的小洲或高地。

⑪已：止。

⑫涘（sì）：水边。

⑬右：弯曲。

⑭沚（zhǐ）：水中的小块陆地。

这是个并不存在的美人。

可是，她又的的确确存在着。

正如每个女孩心中，都有一个“白马王子”。每个男孩的心里，也都住着一个“秋水伊人”。

我很好奇的是，两千多年前的秦地，崇尚习武好战，是谁在做着这个仙气飘飘的美人的梦？然后，一唱三叹的，吟出这么一支爱的幻想曲？千年不绝，余音袅袅。

这不像出自草莽之中。

但又未必不是。

民间才有真正的艺术。

小的时候，我们村子里有个叫张二的人，他一天书也没有念过，却会画画儿。人家砌了灶台，请他去画。他画红鲤鱼戏荷花，三笔两划，一条红鲤鱼跃出水面，摇头摆尾，仿佛就要跳出来。他还出口成章，村里人家建了新房，为讨个口彩，往往都要请了他去。他能说得花开遍地，围观的人，没有一个不听得如痴如醉的。

民间亦处处种植着诗歌。我有次回老家，天近黄昏，我妈在地里劳作，我去地里找她。她看到我自然高兴，抬头看一眼天边，笑微微地说，哦，太阳都产卵了。然后，若无其事地收拾东西，招呼我回家。

我愣在那里。我实在被她一句“太阳都产卵了”惊住了。这怕是再伟大的诗人都不能够想出来的金句。它却轻飘飘的，从我那大字不识一个的母亲的嘴里，溜了出来。黄昏时分，夕阳一点一点化了，可不像是在产卵！而夜晚的那些星星，都是太阳产的卵啊。

我相信，吟出这首《蒹葭》的人，定也在民间。

他是个爱做梦的有才气的好青年。现实是粗糙的、艰辛的，可是，他的精神世界，却一片丰饶。他应该比较喜欢植物、花朵、飞鸟，喜欢天空、云朵、月亮。他容易因景生情，因情又生了幻想，时而欢喜，时而忧伤。总之，他在现实里，或许是荒芜的、贫瘠的，然在精神世界里，却活得饱满葱茏，诗意盎然。

某个秋天的清晨，他出了门。不远处，就是一条河流，曲曲弯弯，弯弯曲曲。不知从哪里流来，又流向哪里去了。河岸边，芦花繁茂，夜露凝结在上面，成霜，白茫茫一片。天空寥廓悠远，大地苍茫宁静，青年的心绪，被勾引得似那芦花，漫天漫地飞了。他忍不住低吟起来：

蒹葭苍苍，白露为霜。所谓伊人，在水一方。

芦苇丛中的水鸟，怕是也被他这样的曲调打动了吧？它们只静静地倾听，不敢发出一点声响。

世界真静哪。

只有这首曲子，在宛转清扬。

他继续沉吟：

溯洄从之，道阻且长。溯游从之，宛在水中央。

他想象中的美人，像风像雨又像雾。她在水一方，在水之湄，在水之涘，美好得不沾一丝人间烟火和尘埃。山重水复，他又岂能追到她的步伐和身影？

他也未必真的去追寻过。

缘分本是可遇不可求的。

他只是这么幻想着。

她永远站在他精神的制高点，让他的思念，有了投递之处。

或许后来，他遇到一个她。这个她，是现实里的，粗眉大眼，手脚勤快。他们把人世间最凡俗的烟火日子，一起过下来。偶尔的空暇里，他还是会想起他的“秋水伊人”。这是不灭的精神向往，俗世的烟火，对他来说，也就有了不一样的味道了。

后世的白居易，不知是不是受了这个青年的影响，写下一首《花非花》：

花非花，雾非雾，夜半来，天明去。

来如春梦几多时？去似朝云无觅处。

再再后世的无数文人学者，磕破脑袋，想一窥白居易这首《花非花》中，到底所指是谁。种种猜测，种种解读，说什么的都有。

其实，也许谁都不是。那不过是诗人彼时彼地的一种心绪罢了，是一时的触情伤情。他所指向的，只是不存在的一个美好的意象。因有了那意象，人世间的很多辛苦，都得到慰藉。

我的心思你懂吗

青青子衿[①]，悠悠[②]我心。
纵我不往，子宁不嗣[③]音？

青青子佩[④]，悠悠我思。
纵我不往，子宁不来？

挑兮达兮[⑤]，在城阙[⑥]兮。
一日不见，如三月兮。

——《国风·郑风·子衿》

【注释】

①衿（jīn）：衣领。

②悠悠：情思绵邈的样子。

③嗣（yí）：给，寄。

④佩：系佩玉的带子。

⑤挑（táo）兮达（tà）兮：走过来走过去。

⑥城阙（què）：城门两边的门楼。

去过俄罗斯的人。哦，不，哪怕没有到过俄罗斯，只到过满洲里，有一样东西是不可忽视的，——俄罗斯套娃。满大街都是啊。还建了一个巨大的套娃广场，成了游客们必去的地方。

这种传统的俄罗斯工艺品，关于它，有个朴实动人的传说。说是从前，有一对俄罗斯民族的表兄妹，从小一块儿长大，感情深厚。后来，表兄因故远走他乡，却因思念家乡的表妹，日夜焦灼。他就动手依照记忆里表妹的样子，做成木娃娃。每年做一个，一年比一年做的大。一些年后，他终于重返家乡，亲手将这些木娃娃送给了表妹。后人称之为套娃，又叫吉祥娃娃。

到过俄罗斯或是满洲里的人，都会买上一些套娃带回来送人，把吉祥和好运一并送上。

有这么一个男孩子，他也出差去俄罗斯。千挑万选，给他暗恋的一个女孩子，挑了一套漂亮的套娃做礼物。女孩子其实早就对他生着好感，一直等着，他能开口对她说爱。

他没有说。

当他把套娃送给女孩子时，还是没有说爱。女孩子有些失望。回家，在灯下，打开。拿出一个，里面还有一个。一模一样的小人，穿着色泽艳丽的俄罗斯服饰。再拿出一个，里面还有一个。一模一样的小人，穿着色泽艳丽的俄罗斯服饰。女孩子看得心烦，她认为，男孩子是不爱她的。她没有再打开。

女孩子很快嫁了人，是家里早就中意的一个小伙子。多年后，她在街上遇到从前的男孩子，这个时候，他也已是一个孩子的父亲了。两人闲闲地说了些话，告别时，女孩子到底没憋得住，她笑着问男孩子，当年，你爱过我吗？

男孩子很惊讶，反问她，当年我带给你的套娃，你都打开了吗？

女孩子愣住。她后来回家，找到那套套娃，一个一个，全部打开。她在最后一个套娃的身子底下，发现了一张纸条，上面是男孩子写的一行字：

我很爱很爱你，嫁给我好吗？

然一切都晚了，一段姻缘，生生错失。

爱一个人，我们有时都犯着这样的错，羞于主动，羞于说出口。我们像贪恋玩捉迷藏的小孩，一个躲着，一个找着。明明是想着被发现，却偏要把自己隐藏得深深。

这是怎样一场蚀骨的爱啊。“青青子衿，悠悠我心”，“青青子佩，悠悠我思”，——看到一个跟他穿着同样颜色衣领的人，或是系着同样颜色佩带的人，她的心，都要狂跳不已，以为是他。“一日不见，如三月兮”。哦，想他想得度日如年，想得骨头都疼了。情思悠悠，无处可倚。

却偏不说。只是负气地、固执地，等在他常常经过的城门口。一个人不安地走过来，再走过去，走到日头都斜了，走到天都黑尽了。身边来来往往的，一个又一个“青青子衿”，或是“青青子佩”，她的心狂跳了一次又一次，仍都不是他。

她忍不住跺脚埋怨起来：

纵我不往，子宁不嗣音？

纵我不往，子宁不来？

——哎呀呀，傻瓜呀，纵使我不去找你，你难道就不能主动点儿，给我捎个口信？纵使我没有去看你，你难道就不能跑来看看我？

真是替她急。她的“青青子衿”，到底什么时候才会出现呢？又他最终会明白她的心思么？

怕只怕，她遇到的是一个“榆木疙瘩儿”，她百般缠绵的心思，他一点儿也看不懂，那才叫一个惨呢。

世上只有藤缠树

南有樛[1]木，葛藟[2]累[3]之。
乐只[4]君子，福履[5]绥[6]之。

南有樛木，葛藟荒[7]之。
乐只君子，福履将[8]之。

南有樛木，葛藟萦[9]之。
乐只君子，福履成[10]之。

——《国风·周南·樛木》

【注释】

①樛（jiū）：木下垂曰樛。即弯曲的树。

②葛藟（gé lěi）：野葡萄之类的植物。

③累：攀缘，缠绕。

④只：语气助词。

⑤福履：福禄。

⑥绥：与“妥”通，下降的意思。

⑦荒：覆盖。

⑧将：扶助。

⑨萦（yíng）：回旋缠绕。

⑩成：就；到来。

我想到了凌霄花。

很多个以前的日子，我是没有亲眼见过此花的。乡下没有。我当时所在的集镇也少见。只在一个诗人的诗里见过。她写它，用的完全是一种鄙视的口吻：

如果我爱你——

绝不像攀援的凌霄花

借你的高枝炫耀自己

人的成见，有时的确可怕。我因此，对此花生了厌恶之心，想着，无非是一寄生植物罢了。

直到我调进城里一所学校。一日，我在阶梯教室里监考，偶一抬头，望见不远处的长廊边，一棵树上，挂满橘色的花朵，像小火炬似的。它头顶上的小半个天空，都被它映照得明艳艳的。我当时尚不知它就是凌霄花。我以为是那棵树开了花，惊艳得不得了。余下的监考时光，我几乎每隔几分钟，就要对那棵树行注目礼一回。

那场监考一结束，我就小跑步过去。到近前，才发现，树只是棵寻常的榆树。单单长着，怕是很难让人看上一眼的。可是，现在，它却被漂亮的花朵簪满身，变得华贵端然起来。走过路过的孩子或老师，没有一个不抬一下头，看一看它，有笑在脸上漫开。

我真是喜欢上了那一树的花朵，那些橘色的，火一般燃烧的花朵。

后来有人告诉我，这是凌霄花。我大吃一惊。为先前自己对它生的厌恶，抱歉了很久。

“世上只有藤缠树”，——民歌里是这样唱的。你若做树，我必做藤，生生世世缠着你，缠着你。藤因树而有了依靠，树因藤而变得华贵端然，——这是大自然的秘密，关于爱情的秘密。

这秘密，没有瞒得住聪明的人类。不，不，应该这么说，我们人类，本来就是大自然中的一个，是那榆树，是那凌霄花。是那弯弯树，是那野葡萄。

当它们相遇，它们除了彼此幸福地纠缠，生生不休，还能怎样？爱情的到来，就是一场宿命，躲也躲不过，逃也逃不掉。只能一任自己沦陷，一生一世，紧紧相随。

如《樛木》中这对男女。

他是那高大的弯弯树，她是那青青的野葡萄。他们一朝相遇，就像磁石相互吸引，彼此再也不能分开。他张开怀抱，张开臂膀，一任她“攀爬”其上。她的欢颜，就是对他最好的装饰和奖赏。她是幸福的，他是幸福的。

然后，我们看到了一幅喜气洋洋的新婚场景，宾客举杯，齐齐祝福：

南有樛木，葛藟萦之。乐只君子，福履成之。

——瞧瞧，新郎你是多么高大帅气啊，就像那弯弯树。你的新娘又是多么小鸟依人啊，就像那青青的野葡萄。今日你们喜结连理，真替你高兴，从此你将安享幸福了。

我从这场热闹闹的婚庆里，还想到上帝他老人家的智慧，他若造出一棵树来，必造出另一棵藤来。这叫一物降一物。世界因此均衡，并共享安宁。

我认识一男人。男人的经历，颇有点跌宕起伏的。当年，他因受一摇滚青年的蛊惑，高中都没念毕业，就偷拿了母亲的钱，跑到一都市去，组建了个地下乐队。这乐队也不过维持了一两年，就解散了。他又跑去酒吧里卖唱，又跑去街头卖唱。混不下去的时候，他偷过钱，因此

坐了一年牢。出来，他在手臂上刺青，发誓要报一年牢狱之仇。母亲被他气得吐血，宣布与他断绝往来。没有人再看好他，认为他这一辈子都毁了。

然而某天，他却功成名就地回家了，身旁，小鸟依人般的，倚着一个文静的姑娘。在他最颓废最荒诞的时候，是她的笑容和轻轻的话语，化解了他心中的冰川。他乐意听她的话，一点一点为她改变，最终，成了她坚实的依靠。

当你是一棵树，若遇见了你命中的藤，那么，我恭喜你，请好好珍惜吧。从此，你也必将“福履成之”。

最好的承诺

关关[1]雎鸠[2]，在河之洲[3]。
窈窕淑女，君子好逑[4]。

参差[5]荇菜，左右流之。
窈窕淑女，寤寐[6]求之。

求之不得，寤寐思服[7]。
悠哉悠哉，辗转反侧。

参差荇菜，左右采之。
窈窕淑女，琴瑟友[8]之。

参差荇菜，左右芼[9]之。
窈窕淑女，钟鼓乐之。

——《国风·周南·关雎》

【注释】

①关关：水鸟的叫声。

②雎鸠（jū jiū）：一种水鸟。

③洲：水中陆地。

④逑：匹配。

⑤参差（cēn cī）：长长短短的样子。

⑥寤寐（wù mèi）：醒来和睡着。

⑦思服：想念。服即思的意思。

⑧友：亲近。

⑨芼（mào）：采摘。

从前读这首诗，只道是相思了无期。

是在那样的野外，天空晴朗，阳光清澈。有绿洲，有河湾，有碧波轻荡。树影婆娑，鸟声啁啾，村庄隐约在蓝天外。

季节应该是初夏。荷与莲初放。满世界的绿意铺陈，草木的，庄稼的，都绿到恰到好处。青翠、饱满，正当好年华。如正当好年华的人。

沈从文说，我看过很多地方的云，走过很多地方的桥，喝过很多地方的酒，但只爱过一个正当好年华的人。

好了，现在一切准备就绪，就等着，来一场“正当好年华”的相遇。

河湾拥抱着绿洲。水边的荇菜，亦已长成，错落有致，嫩绿可人。微风拂动，它们的倒影，齐齐在水波里晃悠，像游弋着的绿色小鱼儿，把一湾的河水都给染绿了。

正当好年华的姑娘出现了。她仿佛是从云端里走过来的，穿着长长的绿布裙子，挽着长长的头发，头上随意插根荆钗。她挎一只篾篮子，袭一身的草香花香，她来水边采荇菜了。这些天，乡野人家的餐桌上，断断少不了摆上一两盘炒荇菜的。

她在河湾边弯下腰去。她的人，迅捷与嫩绿的荇菜们融为一体，她也成了其中的一棵，不大分得清了。

定一定神，我们且欣赏一下姑娘的采摘动作：

左右流之。

左右采之。

左右芼之。

看看看，她的动作多么协调连贯，手臂挥舞着，左采一下，右采一下。再左采一下，右采一下。简直像在舞蹈。看得出来，这姑娘是劳

作的行家里手，勤劳着呢。这就叫人不只是爱慕，且是敬重了。劳动着的人是美丽着的，何况，还是一个年轻的姑娘！岁月的风霜还不曾吹上她的脸，所以，她的劳作，让我们看不到艰辛，反倒散发出无法言说的大美，与彼时的天空和大地多么般配。

偶然撞见的男子，他的惊艳，我们就完全可以理解了。他呆若木鸡般的，立在不远处，望着河边采摘荇菜的姑娘，一时间，发了痴。

姑娘应该有所感知的罢，但她也只是埋着头，继续采着她的荇菜。因有他在看着，她采摘的动作，越发的流畅和充满韵律。男子也就越发的痴了。

河湾中央的绿洲上，调皮的水鸟在那儿嬉戏打闹。这个时候，它们不合时宜地，突然“咕咕咕”地叫了起来。这叫声让男子的心一惊，让姑娘的心一惊。静谧被打破，彼此的心头，都揣着一头不安的小鹿吧？

然后是，男子终于鼓足勇气，彬彬有礼，前去搭讪。姑娘呢，只简短回答了他一两句，就挎起装满荇菜的篾篮，匆匆走了。别怪姑娘哦，她的心乱着呢，“红霞”飞上她的脸。哦，且容她想想，且容她想想。

男子自此害起了相思病，他睡着醒着，都是姑娘在水边采荇菜的样子。人间再好的景致，再难出其左右。

接下来，男子所做的一切，实在可爱，类似于山盟海誓了。他携了琴夹上瑟，坐到姑娘采荇菜的河边，对着姑娘又是弹琴又是奏瑟的，终于打动了姑娘的芳心。恋爱变得顺理成章了，男子却没有因此就不懂珍惜，他很郑重地对姑娘承诺，我会敲锣打鼓，风风光光把你迎娶回家的。

到这里，这场恋爱，算是画了个圆满的句号了。它不是朝三暮四，不是得陇望蜀，爱上你，我就认定是你，就要给你最坚实的依靠，就要陪着你一生一世走下去，成就地老天荒。

对爱情中的姑娘们来说，最好的承诺和奖赏莫过于：钟鼓乐之。

有人说，这是一首婚礼进行曲。我以为，然。婚礼上这么唱着，真的很合宜，有浪漫的回望，有衷心的祝福。不始乱终弃，不喜新厌旧，这才换得美满幸福的人生，和社会秩序的井然祥和。

牧歌般的爱情

静女其姝①，俟我于城隅。
爱而不见，搔首踟蹰。

静女其娈②，贻我彤管③。
彤管有炜④，说怿⑤女美。

自牧归荑⑥，洵⑦美且异。
匪女之为美，美人之贻。

——《国风·邶风·静女》

【注释】

①姝（shū）：美丽。

②娈（luán）：面目姣好。

③彤（tóng）管：一种乐器。或为竹笛。一说是植物，茅草或什么野花儿。

④炜（wěi）：鲜明有光的样子。

⑤说怿（yuè yì）：喜爱。说，通“悦”，和“怿”一样，都是喜爱的意思。

⑥归荑（kuì tí）：赠送荑草。归，通“馈”，赠送。荑，初生的茅草。

⑦洵（xún）：通“恂”，的确，确实。

很羡慕这个年轻的牧羊女。

她赶着一群雪一样的小白羊，沿着山坡，向着青草更深处漫游。天蓝得像碧波，云白得像小羊。“静女其姝”，“静女其娈”，说的都是她的美好。

这样的好姑娘，我在呼伦贝尔草原见过。茫茫的大草原，一望无际，青草都跑到天上去了。有姑娘坐在山坡上，脸蛋儿圆鼓鼓的，手执牧鞭，轻轻挥。她的身旁，散落着一群棉花一样洁白的羊，像草地上长出来的白蘑菇。

她见人，轻轻笑，话语不多，但句句都透着善意和真诚。她说，等到春天，这满山坡的野玫瑰都开了，可好看呢。

我不知道，来年的春天，她的身影，掩映在野玫瑰丛里，该是何等的美好！哦，那样的景象，不能想。想一想，也叫人醉了。

我们还是来看看《静女》中的这个牧羊女。纯粹的自然环境，孕育出纯粹的人，她该有着青草样的清纯。她把她的羊，安顿在草丛里，她坐在一旁，手里一管竹笛，上面系着红色发亮的丝带。她轻轻吹响它，嘴边荡起浅浅的梨窝。碧草起伏，山风也暖。

是谁被她的样子吸引？一声惊叹的“啊”字在空中回旋。姑娘惊回头，年轻的眸子，相遇到年轻的眸子。姑娘羞涩一笑，那边的一颗心，立即激荡不已。是年轻的王骆宾相遇漂亮的卓玛，被卓玛轻轻一鞭子，就抽出一辈子的念想：“我愿抛弃了财产，跟她去放羊……我愿做一只小羊，等在她身旁。我愿她拿着细细的皮鞭，不断每天打在我身上。”从此，美丽的大草原，美丽的卓玛，成为年轻人的向往。

这里的牧羊女，她没有扬起她的鞭子，而是把自己手里正吹的笛子，送给了年轻男子。“静女其娈，贻我彤管”，——这意思再明确不过了，她把她的随身心爱之物，都送给了他，不是爱是什么？年轻男子幸福得找不着北了，他把姑娘所赠的竹笛，珍爱地捧在手上，发自内心地赞美道——

彤管有炜，说怿女美。

不过普通一竹笛，在他眼里，可不比寻常。哦，多么可爱的笛子啊，它系着漂亮的红丝带呢！亲爱的好姑娘，你的美好，让我发自内心的喜欢和热爱啊！

天蓝得像碧波，云白得像小羊。一段牧歌般的爱情，就这样，在蓝天下，碧草上，轻轻荡漾开来。

每日的约会，最是煎熬人。时间那么漫长，天总也不会黑。年轻的男子，守在城门下，望啊望啊，等啊等啊，亲爱的好姑娘，你什么时候才能放牧归来？——“爱而不见，搔首踟蹰”，哈哈，看他那焦急地不断徘徊、不断搔头的样子，真正叫人忍俊不禁。

姑娘终于回来了。她从山坡上，带给他一根初生的茅草做礼物。“自牧归荑，洵美且异”，一根再普通不过的茅草，在年轻男子的眼里，却是美好得无与伦比的，他很珍重地收下。只因为，它是心爱的姑娘采来的，上面还留有姑娘的体温和气息呢。“匪女之为美，美人之贻”——他也说实话了，不是这茅草有多珍贵，而是因为，它是我美丽的姑娘所赠的呀。

我感动于这根茅草，这根爱情的茅草。他会一直收藏着它的罢？无论今后爱情走向哪里，最初的纯真，都将是他一生中最美的记忆。这样的爱情信物，在我们最最青葱的年纪里，我们都曾遇到过，它或许只是一枚树叶，或许只是一朵小野花，或许只是一个贝壳，或许只是一粒小石子。它寻常得无有重量，然又珍贵得价值连城，因为它是爱情的。只可惜，这样的纯真，离我们越来越远，远得我们再也找寻不见。

还是让我们一起，沉浸在这样一段牧歌般的爱情中，静静地，回忆或者向往。让我们早已干涸的心灵，奢侈地享受一次，天籁般的抚慰。

豆蔻梢头二月初

泛彼柏舟，在彼中河。
髧[1]彼两髦[2]，实维我仪[3]。
之死矢靡它[4]。
母也天只，不谅人只！

泛彼柏舟，在彼河侧。
髧彼两髦，实维我特[5]。
之死矢靡慝[6]。
母也天只，不谅人只！

——《国风·鄘风·柏舟》

【注释】

①髧（dàn）：头发下垂状。

②两髦（máo）：男子未行冠礼前，头发齐眉，分向两边状。

③仪：配偶。

④靡它：无他心。

⑤特：配偶。

⑥慝（tè）：通“忒”，变更，差错，变动。引申为变心。

曾看过一个问卷调查，设置的问题是这样的：

你的初恋，发生在什么时候？

后面种种搞笑的回答，让人忍俊不禁。最为令人捧腹的一个答案是，发生在幼儿园的时候。

那是两小无猜的好时光，他和隔壁的小姑娘，一起去上幼儿园。偶一次，她生病，没去上学。他便哭闹着也不肯去。大人们见之，笑话他，让她做你媳妇可好？他竟红了脸，跑开去。从此看见她，只当她是他的小媳妇，有好吃的，省着给她吃。有好玩的，尽着给她玩。

真真喜欢这样的初相见，“郎骑竹马来，绕床弄青梅。同居长干里，两小无嫌猜”。它无关尘世，无关风月，是一朵蓓蕾，对着另一朵蓓蕾，干净美好，充满乳香。

记得我上六年级的时候，彼时，我也就十二三岁的光景吧。很喜欢班上的一个男孩子。那男孩子有着圆鼓鼓红扑扑的一张脸，大眼睛，睫毛很长。放学的路上，他走在我前面，我放慢脚步，跟在他后面，不时偷偷打量他，觉得快乐。路边的小野花开得好看，我停下来看一眼花，看一眼他。很想他会回过头来看我，但又怕他回头。有一次，他果真回头了，我赶紧弯下腰去，装着在采野花。

也只这么喜欢着。六年级过后，我转到别的学校去读书，我们没有再见过面。现在回忆起来，真为那时的自己感动，喜欢一个人，喜欢得那么单纯，那么认真，那么纯粹，初心晶莹。

就像《柏舟》里的这个小姑娘。

她也就十二三岁的年纪吧，豆蔻梢头二月初。

这日，她去河边，浣衣或是采荇菜什么的，都有可能。又或许，她纯粹是跑去玩的，看男孩子们打水仗。我们小时，都这么在河边围观过。

河里的男孩子们，划着小船，相互追逐。其中，在河中央一条小船上，一个“髧彼两髦”的男孩子，吸引了小姑娘的注意。这男孩子还留着刘海儿，头上扎着两只丫角的。梳着这样的发型，说明这孩子还未到弱冠之年，顶多也就十四五岁吧。

其他男孩子也都注意到了岸边的小姑娘。他们刚到了在异性面前逞能的年纪，所以，每个人都蓄着劲地拼命表现，想吸引住小姑娘的注意。可小姑娘的眼睛，只盯着河中央的那一个，他在他们中间，真是显得出众。或许是有双大眼睛。或许是有双剑眉。或许他紧抿的嘴唇，有着好看的弧线。总之，小姑娘就是喜欢上了他。实维我仪实维我仪哪！小姑娘可一点儿也不隐瞒自己的喜欢。

因为年轻，才能如此无畏的吧？

河里的小船荡啊荡啊，小姑娘的心也跟着荡啊荡啊。少年冲她回眸一笑，她立即化成一尾小鱼，醉卧在他的眼波里。

母亲却出来干涉了。天下的母亲都会如此。母亲的态度很坚决，甚至有些强硬，她是坚决不允许女儿再跟那个少年来往的。

这样的母亲，我们熟悉。她们像老母鸡护着小鸡似的，把小女儿紧紧护在她的翼下。她们吃再多的苦也不怕，只要女儿好好的。待到成年后，女儿能嫁个好人家，一世平安衣食无忧，也就是做母亲的最大心愿了。

可小姑娘哪里体会到母亲的苦心。年少的心，果敢着呢，她像个小斗士似的，誓死要捍卫她的“爱情”：“之死矢靡它！”瞧，她的言辞多么激烈，简直是“山无陵，江水为竭，冬雷震震，夏雨雪，天地合，乃敢与君绝”！

母亲为了保护女儿，是不会让步的。小姑娘没辙了，她哭闹起来：“母也天只，不谅人只！”妈妈呀妈妈呀，你怎么就不体谅我呢！

读到这里，我笑了，好个可爱的小姑娘！情窦初开，当如蓓蕾初放，柔嫩、纯洁、不染杂尘。喜欢，就是一心一意地去喜欢，以为那便是她的一生一世。总要等到一些年后，她才会明白，爱，是步步落在凡尘里的，是要有所担当，在尘世的烟火里穿行的。百炼成钢，才有真正的地久天长。

做母亲的也无须如临大敌。谁不曾年少过？这样的情感，本也正常，就像花要开，树要绿。遇见了，你只须退守一旁，默默地守护着，静等着她长大。

爱是靠争取来的

子惠[1]思我，褰[2]裳[3]涉溱[4]。
子不我思，岂无他人？狂童[5]之狂也且[6]！

子惠思我，褰裳涉洧[7]。
子不我思，岂无他士？狂童之狂也且！

——《国风·郑风·褰裳》

【注释】

①惠：真心实意。

②褰（qiān）：揭起，用手扯起。

③裳（cháng）：下身衣裳。古时衣服，上曰衣，下曰裳。

④溱（zhēn）：指溱水。河流名。

⑤狂童：坏小子。

⑥也且（jū）：语气助词。

⑦洧（wěi）：洧水。河流名。与溱水合。

读到这首《褰裳》时，我忍不住大笑。

我对那人说，瞧，这小姑娘像不像小羽？

小羽是他二伯家的姑娘。

大学里，小羽看上一比较帅气的男同学。那男同学对她，不是太来电，但也没有恶感。她就奋起直追，帮他洗衣，帮他去食堂打饭菜，帮他抄课堂笔记。总之，一个女朋友能替他做的事，她都帮他做了。

男同学似乎渐渐接纳了她，过节了，会有礼物送她。她生日了，会带她去吃生日蛋糕。却始终没有明确他们的关系。小羽旁敲侧击，种种暗示，他还是装着糊涂，一脸无辜。

眼看着就要毕业了，小羽急了，这男同学她是嫁定了！她通知家里人，说在她毕业那天，将举行订婚仪式。

她这一决定，在她家里激起千层浪。她家里人接受不了，这突然间怎么冒出一个小女婿来呀，且要订婚！但又深知小羽是个倔性子的姑娘，她说得到，就会做得到的。

好吧，那一天，家里人率众亲朋好友，浩浩荡荡赶到小羽的大学去。正逢着那小丫头出宿舍门，后面簇拥着四五个女生。小丫头手上捧着戒指盒，一脸的庄严。家里人一头雾水，问她，小羽，你这是玩的哪一出啊？小羽咧嘴一笑，待会儿你们就知道了。

待会儿的戏码，让家里人直觉面子上挂不住。即便一些年后，小羽已与那男同学结了婚，小孩子都能打酱油了。二伯提及那次的事，还觉得不痛快，他愤愤的，真是，哪有女儿家不顾及脸面的，又不是嫁不掉！

那日，小羽做出的第一个惊天举动，是爬上男生宿舍楼前的一棵梧桐树上去。正当众人不明所以的时候，小羽对着男生宿舍楼叫开了——

某某某，我订婚戒指都买好了。你如果爱我，现在就给我下楼来，爬到这棵树上，给我把订婚戒指戴上。你今天如果不下来，我就让别人给我戴上了，除了你，总还有人愿意娶我的！

可以想象当时场景，围观者多达数百人。结果是喜剧式的，那男同学磨磨蹭蹭，面红耳赤地下了楼，后面跟着一帮推波助澜的人。

现在，看到《褰裳》里的这个小丫头，我很怀疑，她是不是小羽穿越过去了。她爱的那个坏小子，始终没给她一个明确答复，叫她实在忍无可忍了。辣妹子可不是好忽悠的，她要主动出击，敲碎他的猪脑袋。于是，趁着上巳节，她当众揭开了遮在他们之间的那层面纱，对他发起了爱的攻势：

子惠思我，褰裳涉溱。

——你如果爱我，就提起裤脚，蹚过这溱水来。——这丫头想出的这招真聪明，这是对爱的试探，也是考验。

不过，到底是姑娘家的，她没忘了维护自己的自尊，所以，紧接着，她抛出两句，半是威胁，半是虚张声势：

子不我思，岂无他人？狂童之狂也且！

——啊，你不想我，难道就没有其他人了？想我的人可多着呢，排着队候着呢，你这个坏小子不要太狂妄！

我想，她的那个坏小子，大概难逃这样火辣辣的爱情攻势，唯有乖乖束手就擒。

多好！又是一桩美满姻缘。当爱情不会来敲门时，我们不妨打开门，主动去追寻。爱情有时不是等来的，是靠争取来的。

不过是个小误会

彼狡童[1]兮，不与我言兮。
维[2]子之故[3]，使我不能餐兮。

彼狡童兮，不与我食兮。
维子之故，使我不能息[4]兮。

——《国风·郑风·狡童》

【注释】

①狡（jiǎo）童：指俊美的少年。“狡”通“姣”。一说指漂亮而无实才的少年。

②维：因为。

③故：原因，缘故。

④息：安稳入睡。

《红楼梦》里的黛玉，是个会使小性子的。话说这一天，黛玉去怡红院见宝玉，守门的丫头晴雯因刚和丫头碧痕拌了嘴，正没好气着，没听出黛玉的声音，让黛玉吃了闭门羹。黛玉心里那个气呀，不分青红皂白，就把这笔账全记在宝玉头上了，自个儿想东想西抛洒了好一阵子的泪。第二天，宝玉过来寻她，她只当宝玉是空气，任凭宝玉又打恭又作揖的，她硬是没搭理宝玉。弄得宝玉丈二和尚摸不着头，不知哪儿把她给得罪了。后来，黛玉为躲宝玉，荷把花锄去葬花，一边葬花一边数落着，哭得好不伤心，把一旁的宝玉听得痴倒了。

这都咋回事呢！在常人看来，这简直是没事找事嘛。不过是个小误会，犯得着这样么！

可是，在她，这绝不是件小事，而是件天大的事。只因为，她太在乎他了。

爱情中的男女，都容易这么生着小误会，他们害怕失去对方，害怕不被对方全身心地爱着，时时如一只敏感的猫似的，稍稍的风吹草动，也要让他心生警惕，竖起耳朵，胡思乱想一通。

《狡童》中的这一对，到底发生什么误会了？不知。他这次似乎真的生了她的气，居然不肯跟她说话了，不肯跟她一起吃饭了。天哪，这问题太严重了，在她，是天塌地陷哪！

姑娘又紧张又难过，她饭也吃不下，觉也睡不好了，成天陷在悲苦里不得安宁，眼泪成串成串流。她逢人便倾诉：

彼狡童兮，不与我言兮。

彼狡童兮，不与我食兮。

——我那个漂亮的坏小子，他不肯跟我说话了。

——我那个漂亮的坏小子，他不肯跟我一起吃饭了。

你如果当真去安慰她，陪着她悲，那你就傻了。人家要的不是安慰，人家只是想倾诉。你就做个安静的听众好了。不要担心，如果她不是犯了原则性的错，他多半会原谅她。用不了多久，他们又会和好如初。

我有一小闺蜜。这小闺蜜是一小学老师，人长得靓丽，追求者众。在众多的追求者中，一开出租车的小伙子，脱颖而出，把她追到手。能把骄傲如小天鹅的她追到手，不费一番功夫当然是不行的。小伙子为此花的功夫可不小，频繁地送花送礼物，那是不消说的。他还天天守在她的校门口，接送她上下班。一次，她出差去外地，离家上千里。晚上，她办完事回宾馆，竟意外看到小伙子如神降般的，站在她入住的宾馆门口，笑眯眯地等着她。她彻底地，被俘虏了。

可是，等恋爱关系确定后，他变得没那么殷勤了。不是她招一招小手，他就能立马出现在她跟前。也不是她一个电话，他就能飞奔而来。他有他的生活圈子，有他的事要做，不能时时围着她。我的小闺蜜不适应了，她三天两头跟他闹别扭，针鼻子大的事，她也会看得比天还要大。可怜他常常被她弄得一头雾水，不知自己做错了什么。

有一次，我的小闺蜜又闹将开来。他负气不再找她。一天，两天，三天，小闺蜜坐不住了。那几天，眼见着她消瘦，眼窝窝里，随时都蓄着泪。不能提及他，一提及，那泪，就哗啦啦往下淌。她一会儿发着狠，不要与他好了，不要与他好了。一会儿又自怨自怜，都是因为他，我这几天吃也吃不下，睡也睡不着啊。

我起初还试图劝慰。但次数多了，我早已见多不怪，只拿耳朵听着就是了，最多在适当的时候，给她递递面纸。

没几日，在街上遇见他们，他们又是一副郎情妾意、恩爱甜蜜的好模样了。

小闺蜜如今已安稳在她的婚姻里，嫁的就是开出租车的那个小伙子。我去看她，她一手抱着小孩，一手把他换下的脏衣裳，扔进洗衣机里。从前的眼泪和小误会，不过是送给恋爱的纪念品。因为那样，恋爱才变得有滋有味，也才有了一点儿荡气回肠的意思。

自己买花自己戴

江有汜[1]，之子归[2]，不我以。
不我以，其后也悔。

江有渚[3]，之子归，不我与[4]。
不我与，其后也处[5]。

江有沱[6]，之子归，不我过。
不我过，其啸也歌[7]。

——《国风·召南·江有汜》

【注释】

①汜（sì）：由主流分出而复汇合的河水。

②归：荣归故里。

③渚（zhǔ）：水中陆地。

④与：相与，相偕。

⑤处：忧愁。

⑥沱（tuó）：江水的支流。

⑦啸也歌：号哭。

自古就多薄情郎。

像薛平贵之于王宝钏。

他在最贫困最落魄的时候，得她。那时，她多风光哪，堂堂相府千金，要多尊贵有多尊贵。为他，她竟不惜扔了她的金缕衣，换上布衣荆钗，跟着他，在寒窑里札札弄机杼。

他后来去了战场，她一守就是十八年，把一大把好年华，熬成一枚褶皱的核桃。他呢，却步步生风，娶了西凉国公主，做了西凉国的驸马爷，醉卧温柔乡。再归来，已不是当年那个寒门小子，而是功成名就、平步青云的薛大将军，身边有新人笑晏晏。可惜她，早已沧桑遍身，心碎了一地。他接她去薛府，聪慧如她，怎会不明白，这与爱情已无关了，那不过是怜悯的施舍。她心灰意冷地过了十八天，便香消玉殒。

人都赞她情比金坚。我却忍不住要骂她，贱，真贱！谁离了谁不能活啊，你就不能自己买花自己戴，重活出另一个全新的你来？

还是喜欢《江有汜》里的这个女人，她的志气和果决，才真叫人敬重。

也曾有过恩爱甜蜜的吧？她嫁他，做着家里贤良的妻。他外出，从江上远行。她在家苦守，无怨无悔。经年之后，他从江上回，衣锦还乡，荣归故里。却犯了一个最恶俗的错——背弃承诺，嫌弃糟糠的妻。

他另结新欢，连面也不肯跟她见了。就这样，她成了弃妇。

天塌地崩了吧？对她来说，当然是。她掉在黑暗的深渊里，一个人撑啊摸啊。所幸的是，她没有沉在深渊里，而是走出来了。凤凰涅槃般的。

不我以，其后也悔。

不我与，其后也处。

不我过，其啸也歌。

——她对着江水说的每一个字，都落地有声啊。你不跟我好了，你不要我了，你将来一定会后悔的，怕是连肠子都悔青了，后悔得号哭也说不定。

这真是痛快！女人对男人最大的报复，原不是用我命，换你命。或是用我的坠落，换你的内疚。而是，没有你，我照样活得好好的，活得更妖娆灿烂！

是张幼仪之于徐志摩。嫁他时，张幼仪年仅十五岁。对徐志摩，那是绝对的崇拜和仰望。徐志摩却不爱她，一点不爱，一句“乡下的土包子”，就把她打进“冷宫”。她本也是大家闺秀，温婉贤淑，丈夫这样

待她，她只以为是自己不够好，更加步步小心，想讨得他欢喜。婚后三年，她为他生下儿子阿欢，以为婚姻会因此有转机。可他却铁了心，就是不爱，只身去了英国。

不久，对英文一窍不通的张幼仪，为了徐志摩，追到英国去。却并没有让徐志摩对她增添半分怜惜，反倒更加厌恶，他嫌弃她的落伍，嘲笑她是“小脚太太”。她知他有了爱的人，也已做好了迎接二太太的准备，可徐志摩却下了狠招，对她说离婚。当时，她已有两个月身孕，徐志摩叫她把孩子打掉。她害怕，说，我听说因为有人打胎死掉的。徐志摩竟冷漠地接口道，还有人因为火车事故死掉的呢，难道人家就不坐火车了吗？

如此绝情到不顾念她死活，她终究寒了心，曾有的千般念万般想，彻底地放下。

破蚕方能成蝶。其后的张幼仪，换掉一张怨妇的脸，苦学德文，做德文老师。后经营云裳服装公司，担任总经理。接办女子商业储蓄银行，成为副总裁。曾经看她不入眼的徐志摩，在他们离异后，对她竟也生了十二分的敬重：

C（张幼仪）是个有志气有胆识的女子……她现在真是“什么都不怕”。

五十三岁那年，张幼仪遇到她的真命天子。对曾经的徐志摩，她怕只有感激，没有恨了。因为，是他，让她实现了自身的价值，焕发出另一种人生风采。要不然，她也只不过是他的一个附属物，顶着徐太太的名，在深宅大院里过上一辈子的“土包子”。

作为一个女人，别人买花给你戴固然是好。但我以为，如果可以，还是自己买花自己戴。那样，也才有了属于自己的光明磊落和尊严华贵。

一阕思乡曲

籊籊[1]竹竿，以钓于淇[2]。
岂不尔思[3]？远莫致之。

泉源在左，淇水在右。
女子有行，远兄弟父母。

淇水在右，泉源在左。
巧笑之瑳[4]，佩玉之傩[5]。

淇水滺滺[6]，桧楫[7]松舟[8]。
驾言出游，以写我忧。

——《国风·卫风·竹竿》

【注释】

①籊籊（tì）：长而细的样子。

②淇：淇水。

③尔思：思尔，思念你。

④瑳（cuō）：玉色鲜白，泛指颜色鲜明洁白。比喻笑时露出洁白的牙齿。

⑤傩（nuó）：行走姿态柔美。

⑥滺滺（yōu）：同“浟”，水流动的样子。

⑦桧（guì）楫：桧木做的桨。桧木亦称“刺柏”。

⑧松舟：松木做的船。

我曾相当渴望拥有这样一幢小房子：红墙，红瓦，四面环水。水里面养荷养莲，荷开红花，莲开白花。清风徐来，满房子都是花香。岸边系小舟一叶，闲暇时，我就在屋前屋后荡着小舟玩。

这当然是痴人说梦。城里寸土寸金，哪容我安放这样的梦！倒是乡下，母亲有老屋几间，绿树环抱，屋后就是条大河。我每每回去，总要流连在河边，满满的，都是我曾经的记忆。

我的童年，是伴着这条河长大的。一村的孩子，都是伴着这条河长大的。春天，小鱼儿在水里吐着泡泡，我们蹲在水边洗碗，拿塑料纸蒙住小碗的碗口，在上面留一小洞。碗里的食物碎屑，诱惑得小鱼一头坠进去。隔河住着的人家，会扬着声问，逮到几条了？午时的餐桌上，必有一道菜，咸菜炖小鱼。

夏天，我们泡在水里面打水仗，摸鱼摸虾，也摸螺蛳。每年也总有一两个孩子不幸溺水而亡。大人们会严令自家孩子，不许再玩水。然痛过之后，我们依然禁不住水的召唤，又泡到水里面。谁会恨水呢？没有谁去恨的。水是我们的血液我们的命。

冬天，河面上结一层冰。有时厚得上面能站人。我们中胆大的，会在冰上溜着玩。玩得最多的，是打冰飘，比赛谁打得远。一玩总能玩上大半天，玩得忘了饭时，常被大人们提着衣脖子，训斥着提回家去。

这里的这个女子，她有着和我一样快乐的童年：

籊籊竹竿，以钓于淇。

那时的光阴，多么天真，多么清澈！她和她的小伙伴们，挥着长长的竹竿，在淇水边垂钓。碧水荡漾，天空瓦蓝，白云朵如一尾一尾的小鱼，浮游在天上。她的心里，无忧亦无惧，有着无尽的欢乐。

似水年华不可追。到她长至待嫁之年，她不得不告别父母兄弟，告别她的卫国，远嫁异国他乡。其间的辗转，无人知晓。只知她现在独处在异乡的天空下，遥望家乡而不得。

我仿佛听到箫声。不对，应该是埙声，幽怨的，附了灵魂的魂。这种乐器，搁哪儿，都像守望的头颅似的，让你不忍与它对视。极适合女子在思乡时吹。几千年前，这个远嫁异乡的女子，是不是坐在他乡的水边，吹着埙，思念着故乡的水？

淇水在右，泉源在左。

巧笑之瑳，佩玉之傩。

记忆里的故乡，一边是淇水，一边是泉源，浩浩荡荡。现在，只能梦中与她来相见。梦里，她回到了故乡，像小时候一样，在水边快乐地跳着笑着，笑露出两排洁白的牙齿。她步履轻盈地走着，身上的佩玉，发出丁丁当当的声音。她驾着松木做的小船，划着桧木做的船桨，在淇水之上荡漾。

埙声断。梦醒。故乡依旧远隔迢迢。再长的竹竿，也钓不到她的淇水啊。明明知道，故乡的人，故乡的水，就在天的那一边，关山却隔得老远，“远莫致之”，——回不去了。

她思念的痛，如何化解？只能驾言出游。游？能游到哪里去？异乡的天空，对她而言，只是空旷，只是寥落，再怎么努力，骨子里也做不到亲近。是蔡文姬梦锁胡地：“故乡隔兮音尘绝，哭无声兮气将咽”，胡笳十八拍，拍拍都是血的疼痛泪的相思。

这是战乱。弱小成为案板上的鱼肉，任人宰割。尊严尽失，可内心熊熊燃着的思乡之火，哪里能熄灭？蔡文姬在胡地忍辱负重十二载，最后还是回了她的故乡，不惜丢下两个年幼的儿子，那成了她日后心头的另一个痛：

山高地阔兮见汝无期，更深夜阑兮梦汝来斯。梦中执手兮一喜一悲，觉后痛吾心兮无休歇时。

她自知山高水阔，再无缘与两儿相见。梦中突来相会，她执着两儿的手，悲喜交加。醒来后方知大梦一场，内心的疼痛，无一时无一刻不在折磨着她。因为故乡，她命薄一生。

《竹竿》里的女子，看样子是从容出嫁，离战乱远远的。一说她是嫁于他国诸侯为妻的贵族女子，人生当是华丽。可又如何呢？异乡再多的繁华，能留住身，却留不住心——远客归去来，在家贫亦好。

“一去紫台连朔漠，独留青冢向黄昏”，当年王昭君远嫁匈奴，似乎一世荣光。琵琶声声，青冢孤寂，谁解个中愁怨？

渺万里层云，千山暮雪，魂归不回故里。一阕思乡曲，从古弹到今。

绿衣裳里的怀念

绿兮衣兮，绿衣黄里。
心之忧矣，曷[①]维其已[②]！

绿兮衣兮，绿衣黄裳。
心之忧矣，曷维其亡[③]！

绿兮丝兮，女所治兮。
我思古人，俾[④]无訧[⑤]兮！

絺[⑥]兮绤[⑦]兮，凄其[⑧]以[⑨]风。
我思古人，实获我心！

——《国风·邶风·绿衣》

【注释】

①曷：何。

②已：止。

③亡：停止。

④俾（bǐ）：使。

⑤訧（yóu）：同“尤”，过失，罪过。

⑥絺（chī）：细葛布。

⑦绤（xì）：粗葛布。

⑧凄其：同“凄凄”，凉而有寒意。

⑨以：因。

无法推测这个女人，卒于何时。或许她还年轻，是一树繁花开得正好，却因操劳过度，病倒而亡。如积劳成疾的董小宛，27 岁上，一段芳华，就戛然而止。是弹得好好的一首曲子，阳光也暖，物草丰美，突然断了弦，再续不成调。

于是，留他思念。触衣生情，想起的，都是她的诸般好。小小女人，瘦弱的身子，家前屋后忙碌着，种葛养蚕，缝制衣裳，言谈举止，谦恭有礼。那是再怎么挑剔，也挑不出她的过错来的。

红颜命薄，又好人不长命。这样的她，竟先舍他而去，叫他徒呼奈何，日日睹物思人。

绿兮衣兮，绿衣黄里。

——绿衣裳啊绿衣裳，水绿的面子，淡黄的里子。

衣还在，人却非。这里用了一个“兮”字，仿佛密封的坛子，突然破了一个洞，风从外面呼呼灌进来，让人痛得慌。这心底长出的叹息，长长的，无着无落。

绿兮丝兮，女所治兮。

眼前活生生的，分明就是当年景——

她当窗缝衣裳。窗外有半树的花，水粉的，或是素白的。她安坐在花影中，像安静开着的一朵花。时光缓慢又从容，从她手上的一丝一缕中穿过。她一针一线密密缝着，间或抬头对着他笑一笑。绿面子黄里子的衣裳，颜色是那么明艳，日子是那么明艳。

如今，她却成了墓冢里的一抔土。男人抚抚身上的葛布衣衫，唯剩凄凉：

我思古人，俾无訧兮！

我思古人，实获我心！

——苍天啊，我想念故去的她呀。妻贤夫祸少，因她的贤能，使我少去多少过失！她实在是很称我的心啊！

苏东坡思念故去的妻子，曾写下一首感人肺腑的《江城子》：

十年生死两茫茫，不思量，自难忘。千里孤坟，无处话凄凉。纵使相逢应不识，尘满面，鬓如霜。

夜来幽梦忽还乡，小轩窗，正梳妆。相顾无言，惟有泪千行。料得年年肠断处，明月夜，短松冈。

古今多少女人，都想化身为苏东坡诗中的那个女人，做他永久的怀念。就像我们羡慕这个《绿衣》中的女人，纵使生死相隔，她却无时无刻，不鲜活在他的追忆里。绿衣在，爱意永存。

可是，我却突然觉得心口堵得慌。村庄也小，几十户人家，散散落落地住。那是我打小生活的村庄。一个矮小瘦弱的女人，一连生了五个女儿，一家人，挤住在三间茅草房里。常见她蓬着头，背着一筐草，身后牵着最小的孩子，急急往家走。家里养猪养羊，还养一窝鸡。她勤劳得小母鸡似的。她的男人，五大三粗，除了在地里使使粗活外，回家就做老爷，衣来伸手，饭来张口，让她伺候着。稍不如意了，揪住她就打。最记得一些夏夜，劳累了一天的村人们，都在场院里纳凉，却突然从她家里传出哭声来，尖尖的，凄凄的。村人们便摇着蒲扇叹，作孽啊，福立又在打婆娘了。

这个瘦弱的女人，后来得了一场大病，躺倒后再也没能爬起来。她的男人，对着她的棺材，号啕得像个孩子。她走了后，他在村子里不着边际地乱晃着，一提到她，那眼泪就下来了。有人问他，她好不好？他说，好。人再问，她哪里好？他说，她样样好。人不解，她那么好，为什么她生前你老打她？他不再答，只是不停地流泪，一脸的痛。

民间有俗语，在世是根草，死掉是个宝。千百年来，多少人犯着同样一个错，不知道珍惜身边真切的拥有，一旦失去，才知道丢失的，原来是自己一生中，最为宝贵的东西。

我不愿做这样的设想，《绿衣》中的女人，也如我村庄里那个瘦弱的女人一样，生前善良、隐忍、含辛茹苦，却得不到半点爱的抚慰。我情愿相信，这是相爱的一对，他们没有辜负好时光。于是，冰冷的死别，也变得情意绵绵。空寂的日子里，他打开衣橱，所有的陈年往事，都停歇在她留下的衣上，轻轻一触，如尘纷飞。他没在那些尘里面，取暖。

尽管如此，我还是以为，真正的爱，是用来疼惜，而不是用来怀念的。

第三辑

等你回家

有家可归，有人在等，尘世再多的辛苦与不公，也都能聊以慰藉了。

原来，你也在这里

野有蔓[1]草，零露漙[2]兮。
有美一人，清扬[3]婉[4]兮。
邂逅相遇，适我愿兮。

野有蔓草，零露瀼瀼[5]。
有美一人，婉如清扬。
邂逅相遇，与子偕臧[6]。

——《国风·郑风·野有蔓草》

【注释】

①蔓（màn）：蔓生的草，指茂盛。

②漙（tuán）：同“团”，形容露水多。

③清扬：形容眼睛清澈、明亮。

④婉：美丽。

⑤瀼瀼（ráng）：露水多的样子。

⑥偕臧：相爱。偕：同。臧：好，善。

我首先是被这样的大自然迷住了：

野有蔓草，零露漙兮。

是初夏的清晨吧？野地里，青草蔓生，一直蔓生到天边去了。夜露降落在草们上面，一团一团的，像孩子的眼睛，晶莹透亮，湿润灵动。

站在这样的大自然里，吸进的都是草香，吐出的都是芬芳吧。

真好。

这是从前的郑国。小小王国，依山傍水，风景秀美，物产丰饶。民风吸足了天地之精华，淳朴厚道，又有着自然的浪漫情怀。

这样一个好山好水的地方，又是这样一个清新美好的清晨，得发生点儿美好的故事，才算不得辜负。

于是，她来了，他来了。不早不晚，不偏不倚，仿佛前世约定。四目相对的刹那，三生石上已刻下了彼此。

也没有别的话，只轻轻道一句，哦，原来，你也在这里。

是的，我也在这里。

张爱玲小说里好像也出现过类似一个场景，不知她是不是借鉴了此处的故事。

广为流传的苏小小和阮郁的初相识，与这里的一见钟情，颇有些神似。南朝徐陵编辑的诗集《玉台新咏》中，收录了有关这段奇遇的古诗《钱塘苏小歌》：

妾乘油壁车，郎骑青骢马。

何处结同心？西陵松柏下。

他骑着青骢马，她乘着油壁车，陌路之上，偶然一个对望，彼此的眼中，就擦出了火花，再难相忘。接下来的永结同心，也就成了顺理成章的事了。

这样的相遇，算得上美好。不过，我还是喜欢《野有蔓草》里的这场邂逅，它没有油壁车，没有青骢马，它有的只是青草肆意，露珠晶莹，大地辽阔。更贴近人性的本真，纯粹又自由。

路边野地里，他们邂逅了，清润茂盛的翠草做了背景。她布衣荆钗，往那里随便一站，就是一道靓丽的风景。更兼着她长相不俗，有着清澈的明亮的眼眸，随意的一个眼神，都婉转出无数的美好。

他在那样的眼眸里沉溺，心中爱着的那根弦，被弹得咚咚咚，说的都是喜悦：

有美一人，清扬婉兮。

邂逅相遇，适我愿兮。

这告白真够直接的，——美丽的好姑娘啊，你的眼睛多么明亮多么动人多么美丽，我很高兴在这里与你相遇，你正合我的心意啊。

之前，他或许辗转无数，过尽千帆皆不是，却不肯将就，一定要等到心中的那一个。

铁凝在三十多岁的时候，去看望冰心老人。冰心老人得知她还没有男朋友时，对她说了一句很禅意的话，你不要找，你要等。到她 48 岁时，终于等到了她的真命天子。

缘分是可遇不可求的。在时间无涯的荒野里，没有早一步，也没有晚一步，刚刚好，你在，我在。除了相爱，还有别的路可走么？

很庆幸，他等来了他的好姑娘。

剩下的时光，他们只要相爱就好了。他真诚对她相邀：

与子偕臧。

天空这么清澈，青草这么茂密，露珠这么晶莹，好姑娘，我们开始交往吧，让我们一起变得更美好！

哎，真想化身为这个野草地里的姑娘，与这个青年，也能这么邂逅一下子，好好谈一场青草般的恋爱。

你在，世界就在

风雨凄凄，鸡鸣喈喈[①]。
既见君子，云胡不夷[②]？

风雨潇潇，鸡鸣胶胶[③]。
既见君子，云胡不瘳[④]？

风雨如晦[⑤]，鸡鸣不已。
既见君子，云胡不喜？

——《国风·郑风·风雨》

【注释】

①喈喈（jiē）：鸡鸣声。

②夷：平，指心中平静。

③胶胶：或做“嘐嘐”，鸡鸣声。

④瘳（chōu）：病愈，此指愁思萦怀的心病消除。

⑤晦：天色昏黑如夜。

盛夏，多雨。雨来时，风大。是台风。台风猛击着门窗，恨不得破门破窗而入。江浙沿海一带，早有预警，说台风要来了。这次台风的名字，一贯的好听，叫凤凰。让人想着金灿灿一片吉祥光。事实上，一点也不凤凰。——不管它了。

我在担着心。电话已通过，他说他在半路上，马上就到家。我又犯了啰嗦的坏毛病，再三叮嘱他，天黑，路上开车要小心，一定要慢一点。自打跟他结婚以来，这啰嗦的毛病就落下了，自己也觉好笑，他哪里是小孩，用得着我这般叮咛？

耳朵时刻尖着，楼下稍稍的声响，我也能分辨出，哪些是他的，哪些不是。这是女人的本事，当一个女人在爱着时，他的气息，他的味道，他的声音，他的脚步，她都了如指掌。

顺手拿起桌上一本《诗经》，随意翻着，风雨夜读这个，挺妥帖。远古那些爱的故事，抵达心头，散发出荒野里草木的清香。

就翻到这篇《风雨》。我笑了。多缘分！几千年前的那个风雨夜，竟也有一个在等夫归的女人，如我一般，在风雨里提着一颗心，只愿她爱的那个人，能平安归来。

一时间，有些恍惚，我就是几千年后的她，她就是几千年前的我。我就是她，她就是我。红尘滚滚，烟火蒸腾了几千年，女人爱着的一颗心，永远都没有变。

外面风大雨狂，“凄凄”，“潇潇”，“如晦”。鸡在睡梦中，不安地叫唤着，“喈喈”，“胶胶”，快天亮了罢。一豆灯光，亮着。女人不眠，她在等。许是趴在窗前，看了又看。许是把桌上的饭菜，温了又温。风雨叩击门环，一声声，都叩击在女人的心上，撞得她心口疼。亲爱的人啊，这么大的风，这么大的雨，你是否被风吹着了，被雨淋着了？

终于等到那人归，肩上袭着风，袭着雨，湿漉漉站她跟前。女人把眼睛揉了又揉，只当是在做梦。当她确信，眼前真的就是她的那个人，他正笑微微地看着她。她巨大的惊喜，简直如浪如滔，一时间手足无措，喜极而泣，喃喃复喃喃：

既见君子，云胡不夷？

既见君子，云胡不瘳？

既见君子，云胡不喜？

——是的是的，亲爱的，看到你，我吊着的一颗心，怎能不平静！看到你，我心口的疼痛，怎么会不全消了！看到你，我又怎能不满心欢喜！你回来了，就好了。纵使外面天崩地陷又何妨？有你在，世界就在。

电影《归来》中，一对恩爱夫妻，在风雨如晦的“文革”年代，被迫分离。那之后，妻子冯婉瑜苦苦等候着丈夫陆焉识归来。等她千辛万苦，真的等到他了，她却失忆了，她不认识眼前这个衰老的他了，只记得从前的那个他，那个在照片上，风华正茂笑着的男子。

不过，她却记着5号，是他归来的日子。每个月的这天，她必收拾齐整了，举着亲自写的纸牌，欢天喜地到车站去接他。纸牌上，大大的三个字：陆焉识。那是她一生的等。她不知道，她等的人，就守在她身边，陪着她来接“他”。

他们在相伴的等待中，渐渐老去。大雪皑皑，她又来接“他”，自然，又是落空。看着她黯然的样子，我多么希望，那个车站的出口，他会化成年轻时的“他”，从拥挤的人群中走出，给她一个巨大的惊喜，让她惊叫出一句：既见君子，云胡不喜？

可惜，回不去了。

弱水三千，我只取一瓢

出其东门，有女如云[1]。虽则如云，匪我思存[2]。
缟[3]衣綦[4]巾，聊乐我员[5]。

出其闉阇[6]，有女如荼[7]。虽则如荼，匪我思且[8]。
缟衣茹藘[9]，聊可与娱。

——《国风·郑风·出其东门》

【注释】

①如云：形容众多。

②存：在。或慰藉。指在心里想念，给我慰藉。

③缟（gǎo）：未染色的绢，指素白绢。

④綦（qí）：暗绿色。

⑤员（yún）：语气助词。

⑥闉阇（yīn dū）：外城门。闉：城门外用来加强防御的小城，也叫瓮城。阇：瓮城的城门。

⑦荼（tú）：白色的茅花。形容众多。

⑧且（jū）：慰藉。

⑨茹藘（rú lǘ）：茜草，其根可制作绛红色染料，此指绛红色蔽膝。

郑国有传统节日——上巳节。这一天，郑国城乡的男女老少，倾巢而出，跑到都城的郊外来踏青了。他们在野地里采摘荠菜花。他们伏到青青的小河边，捧清水洗濯，与春天同欢。《论语》中记载："暮春者，春服既成，冠者五六人，童子六七人，浴乎沂，风乎舞雩，咏而归。"说的就是上巳节的热闹与欢庆。

这风俗，渐渐演变成女儿节。这天，女孩子们一律盛装而出，头巾飘拂，端的如云霞落下来，姹紫嫣红一片。男子们呢，则呼朋引伴，谈笑风生，接捧春色。春色哪里盛得住？满眼的珠翠摇红，晃花了他们的眼。他们心猿意马了，他们把持不住了，只想纵情地爱呀，爱呀，爱那么一回。

这场景，让我想到一个词：春心萌动，或春心荡漾。用在这群踏青的男子身上，再恰当不过了。你看，那风吹的！你看，那荠菜花开的！你看，那清碧碧的水流的！你看，那草芽芽儿绿的！"有女如云"，"有女如荼"，是蝴蝶舞翩跹哪。一群年轻的姑娘，多像天上的云，她们飘过来了，飘过来了。又多像开得好好的茅草花，一朵朵怒放着，说不尽的美好。她们在绿草地上奔跑。她们在清水边嬉戏。她们采了大把的荠菜花，戴在头上，别在衣襟上。银铃般的笑声，宛转清扬。

这怎不叫人心旌摇荡？她们摇荡得男子们的心，再也跳不稳了，全都成了求偶的鸟，一颗爱的心，只管"扑扑扑"往外飞。他们对着喜欢的女孩子频送秋波，唱起了情歌。很快，中了意的女孩子，与他们互掷野花，表情达意。

这时候，唯独有一个青年，他只远远站着，默默地看，神情郁郁寡欢。一大清早，他就出了城门，早早来到郊外候着。满眼的春色他视而不见，“虽则如云，匪我思存”，“虽则如荼，匪我思且”，虽是美女如云如白茅花，可都不是他心中所念所想的那一个。

这真叫人好奇，他要等的那一个，到底是怎样一个女神？“缟衣綦巾，聊乐我员”，“缟衣茹藘，聊可与娱”。原来，这姑娘总穿一件粗布衣裳，系一条暗绿色的头巾，围条绛红色的葛布裙。

我们是不是有点失望了？哦，他爱上的，不过是一布衣素衫的村姑。

我想起有一回，去一乡村人家吃饭。饭桌上，一对夫妇，让我印象深刻。男的长得眉清目秀，身材匀称，真担得起“英俊”二字。女的却又矮又胖，还黑。我在心里评判他们，不般配！

可他们硬是恩爱得不得了，男的不时为女的布菜，都是女的爱吃的。女的呢，则娇憨憨的，她接受着男的照顾，眨巴着一双小眼睛，仰着头，对男的说，下午我们进一趟城吧，我想买个小包包。男的立即答应，好。笑眉笑眼的，面上呈现的，都是宠溺的表情。

原来，爱就是这么的不可思议，你以为的不般配，在他们，却是恰恰好。她是他的，他是她的，他们欢乐与共，与你无关。

宝玉说，任凭弱水三千，我只取一瓢饮。尽管红楼里的女儿那么多，一个赛一个漂亮，一个赛一个有才情。可他就认定了林黛玉。是的，这世界，我只爱你一个。纵使你是多愁多病烦恼身，纵使你爱耍小性子，你在我眼里，也是举世无双，无可替代。这是爱情的唯一。因了这唯一，才有了爱情的百转千回。也才让爱情，更像爱情。

爱的猎物

野有死麕①，白茅包之。有女怀春，吉士诱之。
林有朴樕②，野有死鹿。白茅纯束，有女如玉。
舒而脱脱③兮，无感我帨④兮，无使尨⑤也吠。
——《国风·召南·野有死麕》

【注释】

①麕（jūn）：同“麇（jūn）”，獐子。

②朴樕（sù）：小木，灌木。

③脱脱（duì）：动作文雅舒缓。

④帨（shuì）：佩巾，围腰，围裙。

⑤尨（máng）：多毛的狗。

这首《野有死麕》，我每回读到，都要情不自禁地笑起来。
它委实有趣，有趣极了！
它就是我小时候见过的场景哎。

小时的乡村，天空也是这般的辽阔，一碧如洗。沟渠纵横，灌木茅草生长其间，遍地野花，时有野鸡野兔獐子什么的从中窜出。也多半不会引起我们的惊叫，因为太过寻常了。

青年人会在农闲时，邀约了一起狩猎。是冬天，草枯了，茅花儿白了，旷野里一片寂静。小动物们都窝在自己的窝里，有时，拨开草丛，就能轻易发现它们。等它们想着要逃跑时，已为时晚了。有时，它们勉强能够跑上半节田远，最终，还是落入青年人的囊中。村庄也总要因此而沸腾一阵子，大家嘻嘻哈哈，翻看着青年人的猎物，过节一般的热闹和快乐。

年轻的男女，在这个时候，最容易擦出火花。一只野兔子做“诱饵”，也许双方就能私定下终身。他们爱得直接又坦率，人约黄昏后，月上柳梢头。草垛子后头，河堤上，沟边的茅草丛里，都是约会的好地方。不知是害羞，还是因为别的什么缘故，他们恋爱的最初，是避着众人的，很隐蔽。我们小孩子成天瞎逛，再偏僻的地方，也会去。有时，会在草垛子后头，碰着相爱的一对儿。女的慌张，男的也慌张，他们拉着我们的小手，许诺，不要告诉其他人哦，我们买糖给你们吃。我们因此，吃过不少的糖。

当然，好事儿最后有成功的，喜结连理，百年好合。也有不得成的，男的另娶，女的另嫁。可却不妨碍相爱时的浓烈，那是管教天地也为之陶醉的。

《野有死麕》就是这般的好玩。它里面年轻的男女，有着未受礼教约束的率真。也是冬天吧，天空干净，大地纯粹，茅花儿一片白茫茫，獐子和野鹿出没其间。年轻的男子，趁着农闲出来打猎。他收获不小，打到獐子，打到小鹿。围观的人群一堆儿，他在其中看见一双小鹿似跳动的眼睛，那是年轻的姑娘的。他一个眼神扫过去，红晕立即飞上姑娘的脸。没说的，那是芳心暗许。

年轻的男子应该受到了鼓动，他把猎物，用白茅草结结实实包扎好，他要把它们当做礼物，献给那个年轻的姑娘。

且看，“吉士诱之”。——这里一个“诱”字，用得委实可爱极了。是试探？是示好？是勾引？是挑逗？都是，又都不是，带着一点点邪邪的坏。这邪邪里，却满是好意和爱。怀春的姑娘，哪里经得起这样的爱情攻势？她一定脸色绯红，半咬着嘴唇，低着头光笑不说话，算是默认了。——她成了，他的“猎物”。

接下来，约会的场景就有趣得很了。更深人静，姑娘趁家人睡着了，偷偷拨开院子里的篱笆门，她跑出了小院子，跑到村口，或许是在一垛草垛子后头。或许是在一棵树下。年轻的男子正踮着脚尖在张望呢。看到她，两眼发光，迫不及待冲上前来拥抱，有力、粗犷。不过才隔了一个白天，他就仿佛隔了三世似的。

姑娘心头的爱火，被哗啦啦点燃了。可她却没有爱到忘乎所以，她轻轻咬着年轻男子的耳朵根子，提醒她年轻的恋人，“舒而脱脱兮，无感我帨兮，无使尨也吠”。哦，亲爱的，请你动作轻一些，再轻一些，别动了我的佩巾啊，别惊动了庄子上的那些长毛狗，惹得它们叫唤呀。

这样的娇笑谑语，真正喜煞人也。叫人一头坠进她的笑里面，深深地羡慕且怀念。

情话一箩筐

将[1]仲子[2]兮，无逾[3]我里[4]，无折我树杞[5]。
岂敢爱[6]之？畏我父母。
仲可怀也，父母之言亦可畏也。

将仲子兮，无逾我墙，无折我树桑。
岂敢爱之？畏我诸兄。
仲可怀也，诸兄之言亦可畏也。

将仲子兮，无逾我园，无折我树檀[7]。
岂敢爱之？畏人之多言。
仲可怀[8]也，人之多言亦可畏也。

——《国风·郑风·将仲子》

【注释】

①将（qiāng）：愿，请。

②仲子：兄弟排行第二的称“仲”。

③逾：翻越。

④里：居也，五家为邻，五邻为里，里外有墙。里墙，指这一聚落的外墙。

⑤杞（qǐ）：树名，即杞柳。又名“榉”。

⑥爱：吝惜。

⑦檀：树名，常绿乔木。一名“紫檀”。

⑧怀：思念。

顶讨厌一些老学究阐释的诗经，处处都与“淫”字挂钩。譬如这首《将仲子》里的好姑娘，硬是让他们说成是淫荡的，认为这是淫奔之词。简直叫人不能忍受。好好一清白姑娘，受玷侮了。我且洗净手，重翻书，她如一朵野菊花，在书里笑吟吟。那么，好，趁着今夜月色清朗，就让我们隔着几千年的时空，见上一见。

姑娘正热恋着呢。她爱上的小伙子，是一户人家的老二。我曾在一首诗里见过这样一句有意思的诗：“天底下的老二，都是忠厚的。”这个老二大概也不例外。他应该长得很壮实，又憨厚又老实。

姑娘爱上的，或许正是他的憨厚。这样的人，心眼儿不坏。你给他一分好，他会还你十分好，义气着呢。

在爱情面前，他也是这般率真，全心全意。因为性情憨厚，他不懂含蓄，不懂拐弯抹角，爱了就是爱了，想了就是想了，所以表现得有些鲁莽有些冲动。想她的时候，他就跑到她家来找她。也不避开众人眼，公然打很多人家的门前过，大声叫喊着姑娘的名字。

晚上来，姑娘家的院门锁得紧紧的呢。这家伙竟然翻了人家的院墙头，弄折了人家长在墙根边一棵榉树上的树枝。隔天，他再来，还是翻着院墙头，这回，他弄折了姑娘家桑树上的树枝。再再来，他还是翻着院墙头，又弄折了姑娘家檀树上的树枝了。

他这大胆的示爱，搞得姑娘真是又喜又怕。喜的是，他是这么爱她。怕的是，两个人的恋情，还未公开。那时，已有了约定俗成的风俗，“娶妻如之何，必告父母”。也就说，男婚女嫁，是必须征得父母的同意的。姑娘暂时还不想声张，她只想偷偷甜蜜着，等待时机成熟了再说。可这个鲁莽的二小，竟整出这么大动静来。姑娘慌张得不得了，怕父母知道，怕哥哥们知道，怕左右邻居说闲话。

两人再相见的时候，姑娘就柔声细语跟二小讲了一箩筐的情话。因为这段情话太有意思了，我全文引用：

将仲子兮，无逾我里，无折我树杞。

岂敢爱之？畏我父母。

仲可怀也，父母之言亦可畏也。

将仲子兮，无逾我墙，无折我树桑。
岂敢爱之？畏我诸兄。
仲可怀也，诸兄之言亦可畏也。

将仲子兮，无逾我园，无折我树檀。
岂敢爱之？畏人之多言。
仲可怀也，人之多言亦可畏也。

姑娘翻来覆去重三倒四絮絮叨叨到底说的是些啥呢？我把它翻译一下：

二小呀，你不要再攀我家的墙头啦，不要再弄折我家的榉树枝了。不是我吝啬那榉树（嗯，那榉树跟你相比，简直不值一提），我是怕我的父母知道了生气呀，那可就不太好呀。二小呀，你实在让我魂牵梦萦呀。可是，我父母的话，我也是害怕的啊。

二小呀，你不要再攀我家的墙头啦，不要再弄折我家的桑树枝了。不是我吝啬那桑树（嗯，那桑树哪里比得上你珍贵），我是怕我的那些哥哥呀。二小呀，你让我多么牵挂。可是，我哥哥的话，也让我害怕啊。

二小呀，你不要再攀我家的墙头啦，不要再弄折我家的檀树枝了。不是我吝啬那檀树（嗯，那檀树怎及你在我心中的地位），可是，左邻右舍闲杂人等，已在窃窃私语啦。二小呀，你让我多么怀想。可是，那些闲杂人等的话语，才真叫我害怕呢。

真是有些嫉妒这个鲁莽的二小了，他小子凭什么就能遇到这么一个好姑娘，如此温柔多情，又善解人意。想来这姑娘将来嫁给他，一定是典型的贤妻良母，贤淑温良，持家有道，把婚姻过得四平八稳。

他将一辈子，醉卧在她的温柔乡里。这真应了民间的说法，傻人有傻福呢！

等你回家

式[1]微[2]式微，胡[3]不归？
微[4]君之故，胡为乎中露[5]！

式微式微，胡不归？
微君之躬[6]，胡为乎泥中！

——《国风·邶风·式微》

【注释】

①式：语气助词，没有实义。

②微：幽暗不明。

③胡：为什么。

④微：非，不是。

⑤中露：露中，露水之中。

⑥躬：身体。

“式微式微，胡不归”——几年前，我写文章，曾拿了这句做标题。说不清具体的原因，就是喜欢。它大有种千转万回的意味，有一点怨，有一点恼，有一点点无奈，又有一点点牵念。千人眼里，大概有千个“胡不归”。说不清的。正因这说不清，它才魅力无穷的罢。

说来惭愧，我最初看到这一句，并不是在《诗经》里，而是在一个女孩子的QQ签名上。她选了一古典女子做头像，旁边签一句：式微式微，胡不归。乍见之下，我的心突然一凛，像大雪天望见红梅落，白雪红花瓣，真叫惊艳！凭直觉，我以为，这是个被爱情伤害的女孩子。

寻问，果真是。

大学时，山盟海誓。毕业后，却各奔东西。他一声不吭出了国，她回了家乡。

女孩子说，爱了，别了，从此学会等待。

我问，若等不回呢？

我总是如此让人扫兴，急于撩开结局。结局处，往往残花遍地，无法捡拾。

女孩子并不答我的话，她像一个省略号，挂在电脑上，挂在我看不见的那一头。好长一段时期，她的QQ签名还是这句“式微式微，胡不归”。幽怨、等待、失望、疼痛……诸般滋味。胡不归，胡不归？他怕是不会回答她的了。

这里的胡不归，却有着很明朗的答案：

微君之故，胡为乎中露！

微君之躬，胡为乎泥中！

——唉，要不是为了君主的缘故，我怎么会顶风又饮露！我怎么会污泥沾满身！

有人把这解读成黎侯国的君主黎侯，为赤狄国所逐，不得已拖家携口，投奔卫国。他的臣子不满跟着他过寄人篱下的生活，劝他归国。又有一说，卫侯之女嫁给黎国庄公，却一直得不到宠幸。她身边的人劝她离开黎庄公，她却“终执贞一，不违妇道，以俟君命”，并赋此诗明志。

我不以为是。

这不过是一起偶然事件，是普通老百姓寻常生活里的一个小插曲。

应该是一对夫妻。他们住在乡野，过着虽不富足，但宁静自给的日子。这样的宁静，有时却会被突然打破，诸如战事爆发之类的。男人被召去服劳役——修筑城墙、修建城池，或做别的啥啥，总之，那是替君主干活。披星戴月地加班加点，时而有之。

也就有这么一天，夜露早降，几日前一场大雨，使得道路泥泞不堪。男人迟迟没归家。家里的女人，把桌上的饭菜，热了冷，冷了再热。她等着他回家，一起把饭吃。平时准点归家的男人，今儿可真是邪门了，尽管她倚门数回望，他就是迟迟不归。这下她可真有些急了，也担心，也牵挂，坐也不是，站也不是，忍不住犯着嘀咕：

式微式微，胡不归？

——哦，天都这么晚了，你咋还不回来呢？

最终，男人疲惫归来，一身露水，一身泥泞。她给他打水洗漱，一边小声问他，怎么回来得这么晚？

他一把甩掉脏衣裳，没好气地说，还不是因为要替老板加班！

写到这儿，我笑了，这样的无奈与怨愤，我们并不陌生。为了生活计，我们有时不得不四处奔波劳碌，身陷泥泞，身心俱疲。幸好，不管多晚，家里总有一扇窗开着，有一盏灯亮着。

有家可归，有人在等，尘世再多的辛苦与不公，也都能聊以慰藉了。

你是我明媒正娶的妻

伐柯[1]如何？匪[2]斧不克[3]。
取妻如何？匪媒不得。

伐柯伐柯，其则[4]不远。
我觏[5]之子，笾豆[6]有践。

——《国风·豳风·伐柯》

【注释】

①伐柯：砍取做斧柄的木料。

②匪：非。

③不克：不能。

④则：准则。

⑤觏（gòu）：通“遘”，见，遇见。

⑥笾（biān）豆：古代宴会或祭祀时所用的食器。笾用于盛果类。豆用于盛肉或其他食品。

小时，邻家夫妻吵架，吵得激烈时，男人往外扔女人的东西，怒吼着叫女人滚。

小个子女人卡着腰，站在大门口，无惧无畏，一脸凛然，冷笑道，滚？我就这么好滚吗？我可是你家明媒正娶八抬大轿把我抬进来的！

男人立即哑了口，愣怔在那里。

那时觉得，那小个子女人的了不得，她一说出“明媒正娶”，立即有了正大光明。旁边围观着看热闹的人，也都纷纷站到她这一边来了，附和着她，一齐指责男人，是啊，她可是你明媒正娶过门的，这里就是她的家，你可不好叫她滚。

男人败下阵去。

这个时候，“明媒正娶”简直就是女人的上方宝剑，女人持了这把“宝剑”，所向披靡。

民国时期，16 岁的花季少女赵四小姐，爱上了大她 10 多岁的少帅张学良，两个人演绎了一段旷世之恋。他们的恋情，直接威胁到张学良的正室于凤至的权利，一向贤淑的于凤至，为了自己的正室权利，也沉不住气了，向难分难舍的这一对儿，提了两个苛刻的条件：

一、赵四小姐不能进帅府；

二、赵四小姐不能有正式的名分。

结果，赵四小姐待在张学良身边，姨太太都算不上，只能做着情人。这无名无分的日子，一过就是 36 年。36 年后，张学良与于凤至离婚了，才正式给了她一个明媒正娶的婚礼。她与他，拜了天地，拜了他家祖宗，她成了他正儿八经的妻。几十年来，她顶着风风雨雨，陪他度过漫长的幽禁岁月，终于挣来她的名分。长歌当哭！

自古以来，名分对一个女人来说，就是她生命的标签和武器，有了这个标签和武器，她嫁人也才嫁得心安理得名正言顺，在夫家也才有底气卡着腰说话。否则，纵使爱到天翻地覆绵绵无绝期，也只能是一段见不得天日的地下情，上不得台面的。

《伐柯》里的这个姑娘，当不知道几千年后，有个赵四小姐，为了女人的名分，熬尽半世风华。她比起赵四小姐来说，要幸运幸福得多了。她与一个男人陷入热恋中，男人立即很正式地请媒去说亲。

伐柯如何？匪斧不克。

取妻如何？匪媒不得。

憨厚的男人，在去请媒的路上，一路喜滋滋地自问自答着，用什么砍了树枝做那斧柄呀？除非用斧子，否则是不能的。我怎样才能把好姑娘你娶回家啊？没有媒人做媒，是万万不行的。今天有个成语叫“操斧伐柯”，出处原在这里。说的是用斧头去砍削树枝做斧柄，那斧柄的规格长短就在自己手中。常用来比喻学习的榜样不必远求，就在自己眼前，——倒不关媒人什么事了。

小老百姓处理情感的方式，就是如此干脆直接，有情有义。我爱你，就要三媒六聘，把你堂堂正正娶过来，不让你受一点点委屈。令人感慨的是，这个时候，社会上就已形成一整套完整的婚姻礼俗。《仪礼》中关于当时的婚俗，有详细记载，结婚前，男方是要行六礼的：纳采、问名、纳吉、纳征、请期、亲迎。而要行这六礼，一个关键人物不能少，那就是媒人。

这个男人请媒成功了没？这是不用说的。乐意做媒成全他人好事的人，实在多。社会上有专门替人做媒为业的，在古代，被称为冰人，又称媒妁。民间俗称媒婆、月老或是红娘。俗话说，做媒一次，增寿10年。这好事儿，哪个媒人会拒绝呢！

在媒人的周转指挥下，一套繁琐的成婚程序，一着不落地进行着。男人毫无怨言，一丝不苟地操办着。

伐柯伐柯，其则不远。

——砍斧柄呀砍斧柄，这个规则就在眼前呢。男人很恭敬地遵守着这个规则，纳采、问名、纳吉、纳征、请期。好了，终于“我觏之子，笾豆有践”，喜宴摆上了。剩下的，就是亲迎，欢天喜地把天地拜。从此后，你是我明媒正娶的妻。

好一个可爱的小娘子

终朝[1]采绿，不盈一匊[2]。
予发曲局[3]，薄言[4]归沐。

终朝采蓝，不盈一襜[5]。
五日为期，六日不詹[6]。

之子于狩，言韔[7]其弓。
之子于钓，言纶[8]之绳。

其钓维何？维鲂[9]及鱮[10]。
维鲂及鱮，薄言观者。

——《雅·小雅·采绿》

【注释】

①终朝：整个早晨。

②匊（jū）：通“掬”，两手合捧。

③曲局：卷曲。

④薄言：薄和言皆语气助词。

⑤襜（chān）：衣服的前襟。或指系在衣服前面的围裙。

⑥詹：至、回来。

⑦韔（chàng）：弓箭袋。此处做动词用。

⑧纶：丝线。此处做动词用，指将钓鱼用的丝线缠起来。

⑨鲂（fáng）：鳊鱼。

⑩鱮（xù）：鲢鱼。

有人曾说笑，说看一个女人的幸福度，得看这个女人会不会撒娇。又，看一段婚姻的和谐度，得看这个女人会不会经营撒娇。

细想想，还真有几分道理。女人偶尔的撒撒娇，会使平淡的日子，平添几分情趣。就像在波平浪静的湖中央，投入一粒小石子，迅捷溅起些欢乐的小水花。风似乎摇得跟往日有些不一样了，湖岸边的风景，也似乎比往日多了几分韵致了。——不是生活有多无趣，实在是缺少一颗有趣的心。

且一个会撒点小娇的女人，本身就是一个幸福的发光体。她少了犀利与尖锐，多了些女性的柔和和柔美。一句话，很有女人味。这样的女人，谁娶了她，是谁的福气。日子也许少有大富大贵，也许也有饥贫与不堪，却绝对不会乏味。

就像这里的这个小女人，她才真的是个会经营撒娇的高手哎，让人一见就喜欢得不行，忍不住想激赞她一句，好一个可爱的小娘子！

她很勤劳，那是不用说的。采绿采蓝，那是要织染衣裳的。平日里她定是个手脚勤快、干活利索的小娘子，如一只活泼的小蜜蜂，家里家外穿梭着。

我不可抑制地这么想象着，她家有小屋几间，傍溪而居。有花树在门口开着。有鸡在树下觅食。有羊在溪边吃草。她把采来的荩草或是蓼蓝，倒在大锅里煮，煮出一锅的颜料来。再把织出的葛布，泡在那些颜料里。然后，捞出，摊在门口晒着。一匹匹布，或绿，或蓝，淬炼出生命的热情和美好。

毫无疑问的，她有一颗爱美的心！这才是最令人动容和欢喜不已的。

这景象，我在广州顺德看到过。那里还存有传统的手工业——织染响云纱。响云纱有个好听的名字，香云纱。当地人还叫它薯莨纱。它是用当地特有的植物——薯莨的汁液浸染而成。人穿着这种布制成的衣裳，走路时会发出沙沙的响声。我看到有女子在劳作，她把一块一块刚刚染成的响云纱，摊在场地上晒。大太阳下，那一片片绛红的明媚，不知怎的，看得我眼睛湿润。

人类追寻美的脚步，无一时无一刻停歇过。活着的全部意义，或许正在这里。

再回过头来看，诗经年代的这个小娘子。她爱美，爱得不行。她织染的衣裳，都要比别人的靓丽吧？“予发曲局，薄言归沐”，在地里采着荩草，头发被露珠打湿了，被风吹得卷曲了，她就不能容忍了，哎呀呀，头发这么乱，那可怎么行！我得赶紧回家洗洗。

当然，这是有前提的，她的那个人，快回家了。她不想在他眼里，现出凌乱的样子。

行前，他跟她约好归期，五天就回返。可不知什么缘故给耽搁了，他没能守约准时归来。她的小嘴不满地嘟了起来：

终朝采蓝，不盈一襜。

五日为期，六日不詹。

她心不在焉地在地里面采着蓼蓝，采了一个早晨，也没能采满一衣兜。人家心里可不满了，你说好五天就回来的，可今天都第六天了，还不见你的人影嘛。

这抱怨，带着一点点娇嗔和甜蜜。她一想到他就快回来了，随后就高起兴来，她跟他撒娇：

之子于狩，言韔其弓。

之子于钓，言纶之绳。

——等你回家了，你若去狩猎，我就给你装好弓箭。你若去钓鱼，我就给你理好钓鱼线。你说好不好？

这还没完，她还要做他最忠实的观众，欢呼雀跃为他喝彩：

其钓维何？维鲂及鱮。

维鲂及鱮，薄言观者。

——看你钓着什么鱼？哎呀，全是鳊鱼和鲢鱼。大大的鳊鱼和鲢鱼，看得我呀真为你骄傲。

哎，这样一个小娘子，谁不愿意娶她回家？她会把百炼钢，化成绕指柔的。有她持家相伴，想不幸福也难。

幸福的婚姻是哄出来的

女曰：“鸡鸣。”士曰：“昧旦[1]。”
“子兴[2]视夜，明星[3]有烂。”
“将翱将翔[4]，弋[5]凫[6]与雁。”

“弋言加[7]之，与子宜[8]之。
宜言饮酒，与子偕老。
琴瑟在御[9]，莫不静好。”

“知子之来[10]之，杂佩以赠之。
知子之顺[11]之，杂佩以问[12]之。
知子之好[13]之，杂佩以报之。”

——《国风·郑风·女曰鸡鸣》

【注释】

①昧旦：天色将明未明之际。

②兴：起来。

③明星：启明星。

④将翱将翔：指已到了破晓时分，宿鸟将出巢飞翔。

⑤弋（yì）：用生丝做绳，系在箭上射鸟。

⑥凫（fú）：野鸭。

⑦加：射中。一说“加豆”，食器。

⑧宜：烹饪。

⑨御：用，弹奏。

⑩来：同“徕”，和顺。

⑪顺：柔顺。

⑫问：慰问。

⑬好（hào）：喜欢。

很喜欢一首民歌小调，歌名叫《太阳出来喜洋洋》。歌词简洁，节奏朗朗上口。大意是讲太阳出来了，一个人挑着扁担上山岗去砍柴，他走过了一山又一山，走得眉开眼笑的，乐得很。——这有什么可乐的？可他就是乐呗，一路的锣鼓铿铿锵，啷啷采光采——每个音符，都像蹦跳着的小鱼，蹦得你的心，想不开花都不行。

看这首《女曰鸡鸣》时，那首小调适时跳出来。我一边莞尔，一边找了那小调来听。旋律喜洋洋，樵夫喜洋洋。我想象着那个砍柴的快乐樵夫，家里一定有个能干的女当家，就像这里的这个小女人一样，用甜言蜜语，将做丈夫的一颗心，浸泡得蜜甜酥软，纵使攀山崖砍柴那样辛苦的活计，他也做得乐滋滋的。为了她，他心甘情愿着呢。

她是真的能干。天才蒙蒙亮，她就醒了，想着一大堆家务活要做的。衣要洗，屋子要清扫，饭要煮，鸡要喂，羊要喂，牛要牵出栏去……她的目标清晰而明确，就是要让他们的小日子过得红红火火，蒸蒸日上。

她一边麻利地穿衣起床，一边推醒尚在沉睡的男人，轻轻耳语道：

“哎呀，你听，公鸡都叫过几遍了，该起床啦。”做丈夫的，睡得正香呢，被突然推醒，有些不乐意了。他迷迷糊糊的，嘴里嘟哝着：“哦，天还黑着嘛。”便又倒头睡下了。

小女人可不允许他这么懒惰，她指着窗外，提高了嗓门儿说：

子兴视夜，明星有烂。

将翱将翔，弋凫与雁。

——你起床看看窗外嘛，天上只剩下启明星在亮着啦。鸟雀们都睡醒了，快出窝飞翔了。你赶早儿去把那野鸭和大雁射。

男人被她“吵”得没法，只得起床。当然，很有些不情不愿的。聪明的小女人，立即揣上一脸讨好的笑，围着他甜言蜜语起来：

弋言加之，与子宜之。

宜言饮酒，与子偕老。

琴瑟在御，莫不静好。

瞧这个小女人，简直像个小狐狸精，这套又打又揉的功夫，可谓炼到炉火纯青。她笑眉笑眼地对男人说，亲爱的，你早早去打了野鸡和大雁回来，我呢，帮你把它们烹煮得香香的。然后，我陪你喝酒、吃肉，就这样一起过到老，我弹琴来你奏瑟，你说这日子好不好？

这当然好！男人再多的武装，也迅捷被瓦解了，乖乖缴械投降不说，还感动得要命。暗地里庆幸，自己多走运哪，娶了这么个温柔体贴善解人意的好老婆。

他当即深情款款地回应道：

知子之来之，杂佩以赠之。

知子之顺之，杂佩以问之。

知子之好之，杂佩以报之。

他解下他身上所佩戴的杂佩，送给女人。他说，亲爱的，我知道你柔顺贤惠，我把这个杂佩送给你，就当我时时在陪着你。

女人接过男人的礼物，也把幸福握在她掌中。她微笑地送男人出门。远处的芦苇荡里，野鸭和大雁，在晨曦中挥动着翅膀。千百年的晨雾漫过来，我看到了女人唇边浮起的笑，笑得狡黠而可爱。她成功地改造了男人，把属于她的一段婚姻，经营得活色生香。

一入侯门深似海

维鹊有巢，维鸠[1]居之。
之子于归，百两[2]御[3]之。

维鹊有巢，维鸠方[4]之。
之子于归，百两将[5]之。

维鹊有巢，维鸠盈[6]之。
之子于归，百两成[7]之。

——《国风·召南·鹊巢》

【注释】

①鸠：指杜鹃，又名子规、布谷鸟。

②两：通“辆”。

③御：迎接。

④方：占有。

⑤将：送。

⑥盈：满。

⑦成：成就婚礼。

这迎亲的场面可真够气魄的！

“百两御之”，——马车一辆接一辆，足足上百辆，前后望不到头啊。钟鼓齐鸣，流光溢彩，鼎沸闹腾。不知多少姑娘在暗地里，跺疼小脚，艳羡不已，恨不能替了眼前这个新娘子，坐进那豪华的嫁车里。

没说的，这是豪门婚礼。是灰姑娘走进王宫了，还是强强联姻？无论哪一种，都是一掷千金，用尽奢华。这么做，无非是为了炫，一是炫富，二是炫恩爱。

想起戴安娜。当年，她一派天真，欢天喜地走进王宫，和查尔斯耗费巨资的世纪婚礼，耀亮了全世界的眼：

这一天，伦敦城内所有教堂的钟声在上午9时一起敲响，服饰鲜艳的英国皇家骑兵仪仗队，护送着王室的婚礼车队驶向教堂，查尔斯王子的庞大游行马车队走在最后。当他们到达圣保罗大教堂后，查尔斯王子身着海军指挥官的漂亮制服，一条蓝色的装饰性肩带斜挎前胸。他的两侧是安德鲁王子和爱德华王子，海军部舰队司令走在查尔斯王子前面。

戴安娜戴着闪闪发光的钻石皇冠，和拖着长达8米的洁白婚纱，和她的父亲埃尔·斯宾塞乘坐乔治五世1910年在加冕典礼上用过的“玻璃”马车，在人们的热烈祝福中来到大教堂。

公主和王子，从此却没有过上幸福的生活。婚后不久，他们之间就出现了裂痕。此后，一直磕磕绊绊，终导致最终分手。后戴安娜不幸遇车祸而亡。而查尔斯，早已有了心头好，去过他的幸福生活了。

上帝之手，就是这么公平，原是豪华有几分，日后的冷落就有几分。真正的爱，不是用来炫的，而是拿来藏着的，是私密着的，是只属于你和我的。

我不太看好这个新嫁娘，这会儿，她是金光闪闪一颗大钻石，万众瞩目着。“百两将之”，——瞧啊，送嫁的马车，也多达上百辆的，披金挂银，浩浩荡荡。围观的人群喜气洋洋，祝福的鲜花洒了一路。可日后侯门一关，深宅大院里，能放飞出那只叫幸福的鸟吗？只怕她已坠落尘埃，成一颗石子，夜夜哭泣，都无人听得见。

何况，她是鸠占鹊巢！听听，是谁在这婚礼上，弹出了不和谐之音？

维鹊有巢，维鸠居之。

维鹊有巢，维鸠方之。

维鹊有巢，维鸠盈之。

声声都是控诉，是诅咒，——我喜鹊辛辛苦苦垒出的窝，被你这个布谷鸟给霸占了啊。

高亨在他的《诗经今注》中说：“诗以鸠侵占鹊巢比喻新夫人夺去原配夫人的宫室。”说是召南的一个国君，废了原配夫人，另娶了一个新夫人。场面铺排，极尽奢华，只闻新人笑，不闻旧人哭。

如果真是这样，这段姻缘，可真是悬了！花无百日红，人无百日好，你怎么能做到在他眼里，时时保持鲜艳明媚？哪天，他若又另结新欢，你岂不成了又一个弃妇？辛苦经营出的窝，也要让给新来的人。

所以姑娘们，倘你没有足够的底气，没有足够的刚强，和圆润通达，那深宅大院，还是不要轻易进去的好。一入侯门深似海，——荣华富贵有是有了，怕不是寻常姑娘能消受的。

为了爱，她背叛了全世界

蝃蝀[1]在东，莫之敢指。
女子有行[2]，远父母兄弟。

朝隮[3]于西，崇朝[4]其雨。
女子有行，远兄弟父母。

乃如之人也，怀[5]昏姻也。
大无信[6]也，不知命[7]也！

——《国风·鄘风·蝃蝀》

【注释】

①蝃蝀（dì dōng）：彩虹。

②有行：指出嫁。

③隮（jī）：升，此指彩虹升起。

④崇朝（zhāo）：即终朝，整个早晨。

⑤怀：思。

⑥信：贞信，贞节。

⑦命：父母之命。

追着去看新娘子，是我小时候最热衷做的事之一。

不独我喜欢看，我们村里人都喜欢看。谁家若娶新娘子，一村的人，都簇拥了去，挤得里三层外三层的，——看热闹哪。

远远的，瞭见那迎亲的队伍来了。满场的喧哗，遁去，大家都伸长了脖颈，敛声静气地看过去。单等着新娘子过来，看她着一身红嫁衣，摇曳生姿。这个时候，她是当仁不让的女王，众星捧月，万众瞩目。

最盼望的，是那样一个时刻，新娘子头上的红盖头，被缓缓掀起。那注定是一场惊艳啊！貌相再寻常的女孩子，一旦成了新娘，也是光彩照人、美若天仙的。那是一个女人一生中，最美的绽放。

可是，这里的这个姑娘出嫁，却是这般冷清。无“钟鼓乐之”，更不要说“百两将之”，连最起码的“绸缪束薪”，怕是也没有的。

一大清早的，天也不架势。

蝃蝀在东，莫之敢指。

朝隮于西，崇朝其雨。

东边彩虹西边雨。且那雨，一下就是一整个早晨。

彩虹？是的，彩虹！

诗人徐志摩，跟林徽因讲过一个他雨后等虹的故事。大雨的天，他来不及穿雨衣，淋着雨，跑到康桥上去站着，只为等雨后的彩虹出现。林徽因好奇地问他，怎么你便知道，准会有虹的？他不无得意地笑回，完全是诗意的信仰！

我们没有诗人这种诗意的信仰，但我们都把遇见虹，当做一件美好事。一旦天上出现彩虹了，地上惊喜的呼叫声，肯定会响成一片。看，看，彩虹！所有人都会仰了头去看，看得欢喜不已。

然在古人的眼里，完全不是这样的。“蝃蝀”，那是天上的神虫哪，它时常下来饮水。他们对它，敬且畏着。一旦天上出现这种“神虫”，他们会恐惧，认为世间又阴阳不和，婚姻错乱。东汉的刘熙在他的《释名》中，如此写道：

淫风流行，男美于女，女美于男，互相奔随之时，则此气盛。

《晋书·隐逸传·夏统》中，亦有这般的说法：

昔淫乱之俗兴，卫文公为之悲惋；蝃蝀之气见，君子尚不敢指。

此处“蝃蝀”，也即是“蝃蝀”。“蝃蝀”现出，卫文公悲伤害怕得不行，不敢伸手指，认定那是他治理国家不得力，让淫乱兴起。

这个姑娘出嫁，正碰上天上出现这样的“蝃蝀”，多不吉祥！

没有宾客到场祝福。父母兄弟，也没有一个是喜气洋洋的，他们低头耷脑，不言不语，门楣无光。邻里有悄悄远观的，指指点点，窃窃私语：

乃如之人也，怀昏姻也。

大无信也，不知命也！

原来，这丫头胆大着呢，自己想嫁人了，也就私自嫁了。不遵父母之命，太没贞节了。

不知这姑娘的心里，是怎样一种凄凉和慌恐。为了爱，她背叛了全世界，她什么也没有了，只有那个“爱”了。她义无反顾的，奔着她的爱而去。只是，等待她的，会是幸福吗？

民国时期，18 岁的大家闺秀蒋碧薇，爱上才子徐悲鸿。这个时候，她已有婚约在身，与门当户对的查家，定了亲。为了爱，小姑娘做出一件惊世骇俗的事，丢下她华丽丽的家，舍下她的锦衣玉食，跟着徐悲鸿私奔了。

这事儿在当时的宜兴城，很是轰动了一阵子，街头巷尾，议论纷纷。对名门望族的蒋家来说，打击实在巨大。蒋家人感到很没面子，也为了向亲家查家有个交代，遂向外宣布，蒋棠珍（那时蒋碧微还不叫蒋碧微，叫蒋棠珍）染疾病死了，并设了灵堂。

这段倾世之爱，却没有持续到终老。一说是徐悲鸿出轨，爱上了他的学生孙多慈。一说是蒋碧微和徐悲鸿性情不投，也另有所爱。最终，徐悲鸿登报声明，解除了他们的婚姻关系，两人分道扬镳。

蒋碧微老年时，在她的回忆录里，写到这段情感，总结了她和徐悲鸿一起走过的岁月，读来惊心：

如此我从 18 岁跟他浪迹天涯海角，20 多年的时间里，不但不曾得到他一点照顾，反而受到无穷的痛苦和厄难……

爱有时猛烈如烟花，一刹那的绚烂，其后，却是漫长的死寂。

女神驾到

子之汤[1]兮，宛丘[2]之上兮。
洵[3]有情兮，而无望兮。

坎[4]其击鼓，宛丘之下。
无冬无夏，值[5]其鹭羽[6]。

坎其击缶，宛丘之道。
无冬无夏，值其鹭翿[7]。

——《国风·陈风·宛丘》

【注释】

①汤：通“荡”，形容舞姿轻盈。

②宛丘：地名。

③洵：确实。

④坎：击鼓声。

⑤值：通“执”，拿着。

⑥鹭（lù）羽：用白鹭的羽毛制成的舞蹈道具。

⑦鹭翿（dào）：羽舞所用的旌旗。

陈地人多浪漫。这浪漫不仅体现在多艳遇和爱情上，还体现在，能歌善舞。《汉书 · 地理志》中关于陈地，有这样的描述："陈本太昊之虚，周武王封舜后妫满于陈，是为胡公，妻以元女大姬。妇人尊贵，好祭祀，用史巫，故其俗巫鬼。"

这首《宛丘》，应运而生。

我们且先看看宛丘这个地方。我起初以为，它只不过一小山丘，大家有事没事儿的，就聚集在那儿，跳跳舞罢了。待我查阅了相关资料，震惊了，它的来头，委实太大，它是我国史传的三皇——伏羲氏、女娲氏与神农氏的建都之地。

那么，这场舞蹈，也就不是随随便便进行的了。它事先一定经过无数次的彩排，又有着繁琐的隆重的仪式——本就是一场祭祀。是祭天？祭地？祭日？祭月？还是祭树神和花神？抑或婴儿出生？不得而知。人们的心里，是住着四方神灵的，他们用舞蹈，来表达敬畏，也表达他们的感恩和快乐。

胜任这场祭祀主角的，是一个小女巫。想想吧，能在这样的大场面上，抛头露面的姑娘，一定有她的过人之处。是千里挑一的吧？天生的会舞蹈，再加上貌相出众，聪明伶俐，一笑百媚生。身上还自带着一股邪气的美，如传说中的吉卜赛女郎。

所有的祭祀仪式都准备妥当，人们伸长脖颈，单等着她的到来。人群中，独有一个青年，心里在敲着鼓。他追着看她的舞蹈，已看过很多场了，无夏无冬。她左手执鹭羽、右手执鹭翿翩翩起舞的样子，已深入他心。

是的，他爱上了她。

人群突然哗然起来，她光彩照人而来，在青年的眼里，犹如女神驾到。

这边的鼓声响起来，咚咚，咚咚咚。那边的瓦盆儿敲起来，当当，当当当。人群沸腾起来，所有的目光，都聚集在小女巫身上。

她手舞鹭羽和鹭翿，开始跳起来，跳起来。鼓声激越，缶声丁当，她越跳越快，像旋转的风一般。

子之汤兮。

这里的“汤”，指“荡”。一个“荡”字，万般灵动，都在里头了。是像湖水一样的荡漾，是像风摆杨柳一样的袅娜？她就那样，如一只灵

动的燕子，尽情地跳着，跳着，身上每一个细胞，都在舞动。

鼓声越发的激越，缶声越发的丁当。原始的激情，汹涌澎湃。可以想见当时的场面，多么疯狂！人们屏声静气，庄严祷告，人与人，人与天地万物，通过舞蹈相连。不用说话，不用说话，彼此都懂的。

青年人一边欢喜地看着，一边黯然神伤，这是他的女神啊，近在咫尺，却又远隔天涯。

洵有情兮，而无望兮。

——我是真的真的对你动了情的呀，可是，却那么无望！

她是万众瞩目的女神，他是卑微如草芥的一个小人物，或许家里还清寒苦贫着，长得也有些丑，——这差距就大了去了。纵使他对她再有情，也只能这么偷偷追随着、瞭望着，无冬无夏。

也许，现实的磨砺，会让这个青年放下这段情，他最终，娶妻生子。从前的女神，变成心口的一颗朱砂痣。但也许，他执念着，苦守死等，不为什么，只为心中所爱。终有一天，她年老色衰，再跳不动舞了，她的目光，会低垂下来，看到他卑微而执着的爱慕。又或许，她生活遭遇变故，开在半空中的红梅花，委落尘埃，辗做了尘。他会跑到她身边，守护着她，依然当她是女神。

就像那个痴情的英国诗人叶芝所说的：

多少人爱你青春欢畅的时辰，
爱慕你的美丽，假意或真心，
只有一个人爱你那朝圣者的灵魂，
爱你衰老了的脸上痛苦的皱纹。

——我真想，结局就是这样的。

洞房花烛夜

绸缪[①]束薪，三星[②]在天。
今夕何夕，见此良人[③]？
子兮子兮，如此良人何！

绸缪束刍[④]，三星在隅[⑤]。
今夕何夕，见此邂逅？
子兮子兮，如此邂逅何！

绸缪束楚[⑥]，三星在户[⑦]。
今夕何夕，见此粲[⑧]者？
子兮子兮，如此粲者何！

——《国风·唐风·绸缪》

【注释】

①绸缪（móu）：缠绕，捆束。犹缠绵也。

②三星：即参宿。二十八宿之一，主要由三颗星组成。

③良人：指新郎。朱熹《诗集传》：“良，夫称也。”

④刍（chú）：喂牲口的草。

⑤隅：角落，指东南角。

⑥楚：荆条。

⑦户：房门。

⑧粲（càn）：美。指新娘。

洞房一说，由来已久。传说早在黄帝时，社会上普遍流行的是群婚制，男女关系乱糟糟的，男人看中哪个女人，抢了就跑，也不管你婚了没婚。女人也是如此，看中哪个男的，不管三七二十一，抢了再说。于是部落成员之间，经常因抢女人抢男人而发生混战。面对这种现状，作为最高领导者的黄帝很是焦心，这样下去，社会岂不要大乱？

一日，黄帝视察民居，看到他的一些民众，为防野兽侵袭，挖了洞穴居住。洞穴周围，都用石块垒起高高的围墙，只留一个小小出口，供人进出。黄帝一看，哎呀，这住处多好，冬暖夏凉，还互不侵扰。于是，他在高层领导会议上，通过了一项决议，凡新婚夫妻，必以入洞穴成亲为准，一旦成婚了，别人再不许染指。此项决议，得到臣民们的衷心拥护，人们争相挖洞穴，为自己的儿女成亲。自此后，一夫一妻制，代替了以前的群婚制，爱情更见忠贞，婚姻变得稳定。而入洞穴（房），则成了结婚的标志，一直延续到今天。

北宋学者汪洙吟出的人生四喜中，有一喜，就是关于洞房的：

久旱逢甘露，他乡遇故知。

洞房花烛夜，金榜题名时。

对于绝大多数寻常人来说，久旱下不下雨，那是老天爷管着的事。他乡遇不遇到故知，那得看运气，遇见了固然好，遇不着，好像也没多大关系。至于金榜题名么，那是人中之龙凤们去想的事儿。寻常百姓，也只关注着眼下的一鼎一镬，洞房花烛夜才是他们摸得着的欢喜，是他们人生中最大最重要的事。

我奶奶在世时，最不能原谅我爷爷的，就是当年洞房花烛夜，我爷爷竟玩了失踪。

大婚之日啊！我奶奶的语气怨怨的、恨恨的。一辈子都一起过下来了，她早已儿孙满堂，还是不能释怀。

话说我爷爷那个时候去了哪里呢？原来，他玩儿去了。丁家老幺，人称四少爷，最得老祖宗宠，整天游山玩水，斗蟋蟀、扎风筝、养鸟、玩纸牌，乐不思归。新婚当日，他与人约了去老远的荒地里捉什么鸟，愣是把结婚这件大事给忘了。家里慌了神，派了大队人马去寻找新郎官，搞得沸沸扬扬，也算当年奇葩事一桩。

虽说那时已民国了，革新了，可老百姓家的婚姻，还是遵的老一套，奉父母之命，媒妁之言。结婚前，男女双方是没有见过面的，对对方的容貌人品，一无所知。女人这时全凭老天的眷顾了，若让你遇上良人，便一生能得幸福安宁。若遇人不淑，也只能自认倒霉，是痛是悲，都自个儿和泪吞着去吧。我奶奶算是走运的，她遇上了我爷爷，虽说我爷爷好玩了些，但他天性善良，脾气温和，性情豁达，从没欺负过她，家里大小事务，都是我奶奶做主。

这里的新婚小两口，怕是在佛前烧了高香的，月老的红线，真是牵对了人。洞房花烛夜，三星早早升上了天空，火把燃着，灯火通明。新娘子端坐床前，红盖头下的一颗心，多么忐忑！她怕呀，怕自己“遇人之艰难矣”。现实里，她应碰见不少那等悲惨的事，女子嫁错了人，终成弃妇，独自跑去山谷里哭泣。

三星移到东南角了，洞房外，宾客的喧闹声，渐渐散去。新郎官进洞房了。她的大红盖头，终于被掀起。她缓缓睁开紧闭的眼睛，看到了灯火中的那个人，相貌堂堂，笑容温暖，温文尔雅。她真正是意外得不得了。她当没想过，这等天上掉馅饼的大好事，怎么竟让她碰上了呢！她长舒一口气，暗叹一声，感谢佛祖保佑！一颗心，欢腾起来：

今夕何夕，见此良人？

子兮子兮，如此良人何！

——今天是什么日子啊，让我见到了这么好的你。你啊你啊，让我对你怎么办才好呢！

那边的新郎官，也早呆了。他断不会想到，大红盖头下的那一张桃花般的脸，是那么合他的心意。他如同走路捡了个大元宝，也意外着呢。两个人就那么对望着，微笑着，心里面都感激得不得了，感激着这场邂逅般的相见。

三星都照到房门口了，夜已深，这个新郎官还以为自己在做梦呢，他发痴般地看着他的新娘子，傻傻地笑：

今夕何夕，见此粲者？

子兮子兮，如此粲者何！

——今天是什么日子啊，让我见到了这么美丽的你。你啊你啊，让我对你怎么办才好呢！

歌剧《西施》里，有段关于《绸缪》的唱段，唱得浑圆饱满，听来，别有一番滋味：

正在用绳索，捆着那柴草，天上的三星，出得这样早。今天是什么样的日子啊，让我遇到了你，你是那样的你，让我可怎么好。

还能怎么办呢？爱呗！

女怕嫁错郎

中谷[1]有蓷[2]，暵[3]其乾[4]矣。
有女仳离[5]，嘅[6]其叹矣。
嘅其叹矣，遇人之艰难矣！

中谷有蓷，暵其脩[7]矣。
有女仳离，条[8]其歗[9]矣。
条其歗矣，遇人之不淑矣！

中谷有蓷，暵其湿[10]矣。
有女仳离，啜其泣矣。
啜其泣矣，何嗟及矣！

——《国风·王风·中谷有蓷》

【注释】

①中谷：谷中，山谷之中。

②蓷（tuī）：益母草。

③暵（hàn）：晒干。

④乾（gān）：干枯

⑤仳（pǐ）离：妇女被夫家抛弃逐出，后世亦做离婚讲。

⑥嘅（kǎi）：同“慨”。

⑦脩（xiū）：干枯。

⑧条：长的样子。这里形容叹息声。

⑨歗（xiào）：同“啸”，指叹息。

⑩湿：通“晒”，晒干。

我应该见过益母草的。

我查看了它的相关图片，吃惊了一下，果然是旧相识。不过，在我的家乡，它不叫益母草，它叫野天麻。荒僻之地，随处可见。

乡下人总是无师自通懂得很多东西，哪些草能吃，哪些草能治病，他们都了如指掌。小孩闹肚子疼了，用牛耳朵草煎水喝，也就好了。被刀伤蛇咬了，把地阴草嚼碎了，敷在伤口，可止血止痛。女人们有些什么私密的病，采了野天麻，熬汤喝，能减缓病情。当归、黄芩、半夏，也都是极好的草药。乡下的草，似乎没有一样是白长的，各有各的用途。

这里的山谷中，也长满了野天麻。女人没少来此采摘过吧。那时候，她欢天喜地嫁到夫家来，是受过众多亲朋祝福的，也是“之子于归，宜其室家”的。她的心里，有过很多憧憬的吧，憧憬着和男人，一起慢慢变老。憧憬着他们将儿孙满堂，子贤孙孝。她跑来这山谷之中，采得野天麻，回家晒干，煎了汤，一碗一碗服下去，是想着替夫家生多多的孩子的。

可是，她命运似乎不济，肚子里迟迟没有动静。男人开始恶言相向，甚至动用了暴力。其他人也是冷眼相待。不孕，对那个时代的女人来说，无疑是犯下滔天的罪。

时代的大背景也不妙，“幽王昏暴，戎狄侵凌；平王播迁，家室飘荡”，多悲欢离合之事，照得一些抑郁的心理，越发抑郁。

女人最终被弃。男人像扔块破抹布一样的，扔了她。山谷中，野天麻们还在兀自荣枯，它们也许治得了女人身上的病，却治不了女人的心病。

嘅其叹矣，遇人之艰难矣！

条其歗矣，遇人之不淑矣！

啜其泣矣，何嗟及矣！

长长的叹息，和着泪饮。女人徘徊在那里，慨叹着命运的不公。俗话说，男怕入错行，女怕嫁错郎。她偏偏就是嫁错了郎，遇人不淑，欲诉无门！

这个女人我见过。从前村子里，有妇人独自搭棚居住。那个时候，她五十来岁了罢，一脸的褶皱与沧桑。村人们很少与之交往，都说她是不祥的，背后少不了议论。年轻时，她却是村里一枝花，远近闻名的美人，上门说媒者无数。最后，她嫁了人，夫家是那一带的高门望族，家里很有点势力。

婚后，她接二连三生女儿，夫家本就对此很不满了。偏着女儿们又命短，最大的活了三周岁，最小的，两个月就夭折了。于是外界盛传她命硬，会克死自己的孩子，注定是个缺后代。男人先是厌弃了她，稍有不顺，就对她拳脚有加。婆家人又多恶言恶语，她还在着呢，就怂恿她男人另娶。

她本想忍气吞声，只求得夫家能给她一块遮身地。可最后，连这点小愿望也实现不了，她被男人赶回娘家。娘家人也不接纳她，都当她是个丧门星。她没法子，就一个人搭了个草棚，勉强遮雨挡风，艰难度日。

记忆中，我从没见她笑过。她总是一个人，独来独往着，嘴里念念有词，不知在说些啥。有时，我会在某条渠沟旁遇见她。她在那里割草。草篮子搁在一边，她动作迟缓，一边割，一边发呆。她的背影看上去，是天净沙白之中，一叶孤舟。

好想她，以及这里这个采野天麻的女人，能大喝一声，去！把些旧日的不幸，统统扔了去，挣出自己的好光景。如张幼仪，被徐志摩一脚踢开后，从弱小的徐太太，一跃变成了商界的女强人，让多少男人仰望和臣服。

然在那个时代，这几乎是天方夜谭。女人一旦嫁错郎，只能一任年华，被不幸蚕噬，憔悴终老。

好一朵野蔷薇

厌浥[1]行露[2]，岂不夙夜[3]？谓[4]行多露。

谁谓雀无角？何以穿我屋？
谁谓女[5]无家？何以速[6]我狱[7]？
虽速我狱，室家不足！

谁谓鼠无牙？何以穿我墉[8]？
谁谓女无家？何以速我讼[9]？
虽速我讼，亦不女从！

——《国风·召南·行露》

【注释】

①厌浥（yì）：潮湿。

②行（háng）露：道路上的露水。

③夙夜：天未明时。

④谓：犹“畏”，惧怕。

⑤女：同“汝”，你。

⑥速：招，致。

⑦狱：案件、官司。

⑧墉（yōng）：墙。

⑨讼：诉讼。

太喜欢这个姑娘了！

她倔强、刚正不阿，又伶俐聪慧过人。如一朵野蔷薇，看似柔柔弱弱地开着，也香，也好看，但刺多，且尖锐。你只可远观，却不可亵玩焉。

置身的场景却不妙，她惹上了官司，身陷囹圄。诗中之“狱”，算得上是最早的监狱了。传说夏朝一个叫皋陶的人，是造狱的鼻祖，后被人尊为狱神。他有神羊一只，能辨别谁是不是有罪。他判谁有罪了，就勒令谁不得离开他指令的地方，并用两条狗来看押那个有罪的人。有个成语叫画地为牢，源自这里。

整个事件的起因，一点儿也怨不得这个姑娘，全是那个坏男人一手策划的。虽然这个男人一直没有露面，可他的嘴脸，我们不难画出。家里有点小钱，也有点小势，为人很是飞扬跋扈。走哪里，都像只多脚的螃蟹，横行霸道着。他已有老婆，却贪恋上姑娘的美貌，强行要娶她。姑娘可不是吃素的，他软硬兼施，她就是不从。这个男人便制造事端，让姑娘吃上官司，想逼她顺从。

换了另一个女人，怕早就没了主张，哭哭啼啼认命算了，胳膊哪里能扭得过大腿呢？再说，他家底雄厚，嫁过去吃不愁穿不愁，锦衣玉食着，有何不好？如果会撒点娇动动心机，惹得他欢喜，说不定能挤走正室，一个家就让她当了。从此，荣华富贵，全在她一手掌控中。——古来多少做妾的，是不是抱了这样的念想？

这个姑娘，却宁死不从。就算天天吃糠咽菜，那是她的命。他再多的金钱权势，她就是看不入眼。她也不要做人家的妾，她要的是堂堂正正的爱情。公堂之上，她据理力争，且看她的伶伢俐齿：

厌浥行露，岂不夙夜？谓行多露。

姑娘用的这个比喻极有意思，为什么人们不愿意在五更天赶路啊？那是因为这时候路上的露水太多，怕打湿了身子。言外之意是，你家深宅大院，家大势大，本姑娘我可消受不起。

接下来一连串的诘问，一气呵成，痛快淋漓。如爆火炒蚕豆，只管噼呖啪啦。她用雀与鼠来暗讽这个男人：

谁谓雀无角？何以穿我屋？谁谓女无家？何以速我狱？

谁谓鼠无牙？何以穿我墉？谁谓女无家？何以速我讼？

哪个说麻雀没有嘴的？怎么就啄穿我的房子？哪个说老鼠没有牙的？怎么就咬破我的家门？谁说你还没有老婆的？为什么要让我惹上官司，害我进牢狱？——这道理明摆着的，你是以强欺弱！

姑娘的诘问，让那个男人无言以对。这时候，姑娘摆明了她的态度，斩钉截铁，大有种宁为玉碎，不为瓦全的姿态：

虽速我狱，室家不足！

虽速我讼，亦不女从！

——你虽然让我进了牢狱，你娶我的理由根本就不充足！你虽然让我吃上官司，我也不会顺从你！绝不！你做梦去吧！

豁出去了，横竖不过一条命。“质本洁来还洁去，不教污淖陷渠沟”，好姑娘当有这等志气。

《红楼梦》里，丫环鸳鸯，面对大老爷贾赫的逼婚，她一把剪刀在手，发下重誓：“我是横了心的，当着众人在这里，我这一辈子莫说是‘宝玉’，便是‘宝金’‘宝银’‘宝天王’‘宝皇帝’，横竖不嫁人就完了！就是老太太逼着我，我一刀抹死了，也不能从命……日后再图别的，天地鬼神，日头月亮照着嗓子，从嗓子里头长疔烂了出来，烂化成酱在这里！”虽是弱女子，可撂下的话，哪一字不是掷地有声，铮铮铁骨？

她也是一朵野蔷薇。自在天地，不逢迎，不屈尊，她做着她自己。

花椒一嘟噜

椒聊[1]之实，蕃衍[2]盈升。
彼其之子，硕大无朋。
椒聊且[3]，远条[4]且。

椒聊之实，蕃衍盈匊[5]。
彼其之子，硕大且笃[6]。
椒聊且，远条且。

——《国风·唐风·椒聊》

【注释】

①聊：草木结成串状果实。闻一多《风诗类钞》中有：“古诗叫作‘聊’，今语叫作‘嘟噜’。”

②蕃衍：即繁盛众多。《诗集传》有：“椒之蕃盛，则采之盈升矣。”

③且（jū）：语气助词。

④远条：长枝条。《郑笺》：“椒之气日益远长。”意香气远扬。

⑤匊（jū）：通“掬”，两手合捧。

⑥笃：忠厚诚实。

山西有民歌《摘花椒》，词与调皆有趣得很：

姐儿房东一棵椒，
二八佳人卡住腰。
两眼往上瞧，
红的多来绿的少，
绿的不像红的好。
红的是花椒，
花椒摘了一大篮，
篮篮拿在我手中，
回到咱家中。

歌里的二八佳人，眉眼儿娇俏。她卡着小腰，仰着头往粗壮的花椒树上瞧，瞧见的是一串串花椒，缀满枝头。唱主角的叶，这时反倒成了配角，端的是红多绿少。她于是摘呀摘呀摘花椒，装满满满一大篮子了，她提着篮子回家。人与花椒相映衬，真正是美如一幅画。

这是从前山西的可爱，多花椒，多活泼朴实的姑娘。

这里也有花椒树一棵棵。花椒们缀满枝头，红艳着，繁密着。——椒聊，椒聊，说的就是花椒的多，一嘟噜一嘟噜的，成串。有果实累累的喜悦，有相亲相爱的甜蜜。

采摘花椒的是谁？一个，两个，三个……我以为是一群女人，她们欢天喜地得很。

椒聊之实，蕃衍盈升。
椒聊之实，蕃衍盈匊。

——树上的果实，结得实在太多了，随手捋下一嘟噜，就能装满一升，就能盛满一把。她们一边采摘着，一边热议着一个即将成为新娘的姑娘。那姑娘长得可真不赖。

彼其之子，硕大无朋。

彼其之子，硕大且笃。

——她呀，真是个好姑娘，又丰满又结实，又稳重又敦厚。她会后福无穷的，真正叫人羡慕啊！

我以为这是一场喜庆，一场祝福。健美壮实的姑娘，就要出嫁了，亲朋邻居们都来相帮。女人们帮着她打点嫁妆，摘下花椒，放入她的嫁妆里，把美好的祝福一并放在里头。

椒聊且，远条且。

好姑娘，你嫁过去，会像这一嘟噜一嘟噜的花椒一样，多子多孙，把香气撒得满天地都是。

那个被祝福的好姑娘，心里面淌着蜜的吧？对新生活的憧憬，会让她心如小鹿在撞。她把花椒数数好，一二三四五六，一二三四五六，要的是成双成对，六六大顺。

这种风俗，蔓延到今天，在一些地方还很盛行。譬如我们苏北乡下，姑娘出嫁，有一件嫁妆是必不可少的。那嫁妆，叫子孙桶。从前人家，要专门请了木匠，用上好的木料箍成，上面有盖，外面漆得红彤彤的。现在有些人家不讲究这个了，但还是会用别的东西替代，比如布袋子，

或是皮包之类的。子孙桶里必放两样东西，一是万年青。喻义着姑娘以后的日子，会久久长长，像万年青一样，永远青翠碧绿。二是花生。花生跟这里的花椒一样，也是多子多孙的，结出的果实，一嘟噜一嘟噜。花生被染成红色，吉祥喜庆，喻义着姑娘将来会儿孙满堂。

娶亲的人家，也都喜欢新媳妇长得高大健壮的。照他们看来，这样的媳妇，很有福相，是旺夫命。又因长得健硕，能生，会子嗣兴旺。且做活计也吃得了苦，能背能挑，干活顶得上一个大老爷们。心眼儿也不会小到哪里去，不会把鸡零狗碎的杂事放心头，所以待人和气、宽厚，家里少有纷争。

家和万事兴。有这样的媳妇撑着家，一个小家，那真的就像花椒一嘟噜，想不红火也不行。

第四辑

愿与草木饮清茶

对着一棵树说说话，或在草地旁待上一会儿，你的心思，会变得澄清又空灵。那个时候，你只剩一个愿望，愿与草木饮清茶。就这般，很好，很好的。

如果感到快乐了，就一起唱唱歌

萚[1]兮萚兮，风其吹女[2]。
叔兮伯兮，倡[3]，予和女。

萚兮萚兮，风其漂[4]女。
叔兮伯兮，倡，予要[5]女。

——《国风·郑风·萚兮》

【注释】

①萚（tuò）：脱落的树叶。

②女（rǔ）：同“汝”，你。

③倡：同“唱”，领唱。

④漂：同“飘”，吹动。

⑤要（yāo）：成也，和也，会合。

这是怎样的一些树，风又吹卷着怎样的落叶？

我想象，该是银杏。或是甘棠。其落叶华美，金碧辉煌。

这样的落叶，自有着一种华丽庄严，誓把美好进行到底。所以，一点也不令人感伤。

一群青年人，在这样华丽丽的背景下，碰到一起。或许是在一次集会上。或许是在一场劳作后。秋水长天，澄澈明朗。树上的落叶，随风飘卷，像一只只纷飞的金黄的蝶。这美丽的景象，看着就叫人愉悦。年轻的心，哪里按得住，纷纷雀跃起来。

他们中一个最活泼的姑娘，率先提议道：

叔兮伯兮，倡，予和女。

叔兮伯兮，倡，予要女。

她应该模样俏皮，笑声丁当。她说，哥哥呀，你领头唱吧，我将伴和着你。

那个被她称为“叔兮伯兮”的青年人，当是他们中最能唱的一个，声音怕是犹如金属相扣。姑娘的提议，立即得到众人的热烈响应。青年人怎么会推迟呢。好吧，来吧，唱吧，唱吧，大家唱起来。

就这样，歌声响起来了。起先是他和姑娘一唱一和，宛转悠扬。后来，其他的人，也都打着拍子加入进来，他们一首接一首地唱，直唱得落叶缤纷，鸟雀起舞。中途说不定还有路过的人加入进来。越来越多的人加入进来。唱吧，唱吧，快乐地唱吧。歌声激荡着年轻的心，无关风月，无关世故人情，只是因为快乐。

真羡慕这种单纯的快乐。无须刻意追寻，只要他们愿意，俯首遍拾。人与人，少有设防。姑娘家出门，做父母的肯定也不会提着一颗心，生怕姑娘跟陌生人说话了，生怕姑娘稍有不慎，就被拐卖到深山老沟里。乡村人家，也都不设防，家家大门洞开，绝没有今天的防盗门铁丝网，铜墙铁壁着，把世界隔绝在外。姑娘们都很大胆，小伙子们都很率真和热情。他们随时随地，都能与快乐劈面相逢。就像看到这样一场落叶之美，他们也能即兴来一场合唱之乐。

人与人的交往，原本就是如此简单，——如果感到快乐了，就一起唱唱歌吧。

我想起几年前的云南之行。我到达几千米之上的香格里拉。晚上，导游把我们一行五个人，拉去一个叫洛桑的康巴汉子家里，说是让我们体验一下藏民的生活，吃吃藏粑，喝喝青稞酒。我们到那儿时，屋子里，已聚集着不少人，是来自全国各地的游客。大家开始都相互戒备着，无意中瞥过的一个眼神，都是警惕的、冷漠的。

我们先是观看了一场歌舞，近乎沉默地喝了点青稞酒，品了一点儿藏粑。高潮出现在主人燃起一堆篝火后。红红的篝火燃起来，生冷的心，突然就活泛起来，想歌，想跳，想舞。当主人一家热情地邀请大家共舞时，有人就跃跃欲试，但又羞涩犹豫着。别的人不管认识的，还是不认识的，都一齐鼓励那人，去呀，去呀。他也就真的去了，牵着主人一家人的手，围着篝火跳起来，很快就跳得热火朝天了。他冲着在围观的人，快乐地喊叫，来呀，来呀，你们也来跳呀。不定喊谁。但答应的人，却是一堆儿，好呀，好呀，这就来了呀。于是，跳舞的队伍，越来越庞大，最后，所有人都加入进去了。不会跳不要紧，随便扭扭身子吧。一双手伸过来，再一双手伸过来，陌生的手，很自然地牵到一起，牵成了一个圆圈儿，围着篝火跳啊跳啊。

那一晚，我们一直玩到大半夜，才恋恋不舍停下来，发觉自己的手，还牵着一个陌生人的手。彼此看着，笑笑，松开。眼神里，写着的全是快乐。我们友好地挥手告别。

心与心的抵达，原没有想象得那么难，——如果感到快乐了，就一起跳跳舞吧。

当甘棠成为图腾

蔽芾[1]甘棠，勿剪勿伐，召伯所茇[2]。
蔽芾甘棠，勿剪勿败[3]，召伯所憩。
蔽芾甘棠，勿剪勿拜[4]，召伯所说[5]。
——《国风·召南·甘棠》

【注释】

①蔽芾（fèi）：树木高大茂密的样子。

②茇（bá）：草木的根。这里是指在草舍住宿。

③败：毁坏。

④拜（bài）：屈也，挽其枝以至地也。

⑤说（shuì）：通“税”，休憩，停留。

此处甘棠，历来均被认为是为了纪念一个叫召伯的人的。

召伯是谁？他乃周文王姬昌的庶子，周武王姬发、周公姬旦的异母兄弟。他协助周武王发兵，灭掉商纣王后，被封北燕，是后来燕国的始祖。

据说他经常到民间乡邑巡行，途中休憩或办案，从不占用民房，而是在一棵甘棠树下，搭草舍过夜，或裁决狱讼、处理政事，严明公正，深得百姓爱戴。他逝去后，他靠倚过的那棵甘棠树，被人们保护起来，用以怀念他的恩德。

《史记·燕召公世家》中，有比较详细的记载：

召公之治西方，甚得兆民和。召公巡行乡邑，有棠树，决狱政事其下，自侯伯至庶人各得其所，无失职者。召公卒，而民人思召公之政，怀棠树不敢伐，哥咏之，作甘棠之诗。

自古以来，人们对树，就怀有特殊的情感。人们相信，善良的为了大义而死的人，死后都会变成树。人们祈福，会在树上挂上红布条。孩子出生，会栽树庆祝。亲人故去，会栽树怀念。乡下人家，哪家房前屋后，不栽着几棵树？历经几世几代，岁月沧桑，世事早已面目全非，可是，树却稳稳当当长在那里。历史的风雨，在它的每一片叶子里弹响。

在最初的人们眼里，大概每一棵树，都具有神性。神话《天仙配》中，董永和七仙女的媒人，是棵老槐树。游子经年还乡，故乡早已成陌生。可是，当他远远瞥见家门口的那棵苦楝树，从前的记忆，一下子汹涌到眼前。曾经的喜怒欢悲，树都给记着的呢，一个年轮一个年轮，从不会记错。

历史上是否真有召伯在甘棠树下处理政事，对后来的人们来说，也许已无关紧要了。重要的是，那棵古老的甘棠树，已然成了人们心中的图腾。他们用召伯的故事，使这棵树的神性地位，得到确认，变得更名正言顺起来：

蔽芾甘棠，勿剪勿伐，召伯所茇。
蔽芾甘棠，勿剪勿败，召伯所憩。
蔽芾甘棠，勿剪勿拜，召伯所说。

——如此反复低吟，如念梵语。只是为了告诫世人，要记住呀，神一样的召伯，曾在这棵甘棠树下停留、休憩过，千万不要来砍伐、毁坏掉它。否则，会遭到神灵惩罚的。

这不难理解，那个时候，人们对自然万物，都深怀敬畏。周代就设有山虞、林衡两官职，专管禁山俗规，养林护林，乱砍滥伐是要被定罪的。这并不是说他们的环保意识有多强，而是他们敬畏的心里，害怕触怒了神灵。他们相信，山有山神，树有树神，草有草神，花有花神，反倒保护了大自然。

不少民族，至今还留有祭树之习俗，他们有着他们的树神。我的老家富安小镇，就流传着一段有关树的传说：

相传，北宋年间，范仲淹在富安一带任盐官。东海有恶龙兴风作浪，危害百姓，百姓不得安宁。范仲淹有两名侍童，一个叫许富，一个叫许安，是两弟兄。他们决定为民除害。于是，他们手提宝剑，跳入海中，与恶龙激战了三天三夜。最终，将恶龙杀死。但两人也身受重伤，奄奄一息。临死前，两人将手中宝剑，插入身畔的泥土之中。那两把宝剑，立即化成了两棵巨大的银杏树，挡住海里异兽，护佑着一方百姓。这两棵银杏树，后虽曾一度遭到雷火焚烧，却又奇迹般复活，枝繁叶茂至今，成为小镇的奇观。

逢年过节，小镇人都跑去烧香祭拜，以佑平安。

情义无价

投我以木瓜①，报之以琼琚②。
匪③报也，永以为好也！

投我以木桃④，报之以琼瑶。
匪报也，永以为好也！

投我以木李⑤，报之以琼玖。
匪报也，永以为好也！

——《国风·卫风·木瓜》

【注释】

①木瓜：一种落叶灌木（或小乔木），蔷薇科，果实长椭圆形，色黄而香，蒸煮或蜜渍后供食用。今粤桂闽台等地出产的木瓜，全称为番木瓜，供生食，与此处的木瓜非一物。

②琼琚（jū）：美玉。下“琼瑶”“琼玖”与之同。

③匪：非。

④木桃：果名，即楂子，比木瓜小。

⑤木李：果名，即榠楂，又名木梨。

民间有句骂人的话比较狠，你个呆木瓜。小时听着，以为木瓜怕是如石头般的，又冷又硬，长相不好，味道也不好，不招人喜。后来，我吃到一道甜菜，木瓜炖西米。竟是好吃得不得了，又甜蜜又绵软。极不理解，那么清爽甜蜜的木瓜，何故招人怨恨了？

人有时，是不大讲道理的，柿子总拣软的捏嘛。

当我遇见这首《木瓜》时，我笑了。两个人相遇，彼此投缘了，一见如故。分别之际，互赠礼物做纪念。一个手里或许正拿着木瓜、木桃，或木李呢，他就顺手把它送出去，礼轻情义重。接受木瓜的人，并不嫌弃，高高兴兴地收下，然后，解下自己身上佩带的美玉，作为回赠。——天哪，他竟用价值连城的美玉，换一文不值的木瓜呀，是不是傻了？

且慢笑，人家后面还有话呢：

匪报也，永以为好也！

赠木瓜的那个人，面对美玉这般贵重的回赠，大概也傻了眼了，他一个劲推让，不能要，不能要，这么贵重呀。接受木瓜的人，一把抢过美玉来，塞进那人怀里，说，我给你美玉，不是作为回报的呀，而是想与你永结同好呢！

真感动！在一生一世的情谊跟前，美玉又算得了什么！

这或许是友情。或许是爱情。从古至今，情义最是无价。“山无陵，江水为竭，冬雷震震，夏雨雪，天地合，乃敢与君绝”，这是传说中刘邦的妃子戚夫人，对刘邦的爱情表白。还有什么情感能敌得过这样的？生生死死，天崩地陷，我都要与你相随。“桃花潭水深千尺，不及汪伦送我情”，这是李白与汪伦的友情，情比千尺的桃花潭水还要深哪。

好兄弟义薄云天，两个大男人的情感，有时更令人动容。

除此外，《木瓜》里还有一个可贵的品德，值得推崇，那就是——知恩图报。我以为，人生重要的品德里，除了施恩，还有，要懂得感恩。这里的木瓜未必真的就是木瓜，木桃未必真的就是木桃，木李未必真的就是木李，它或许是口渴的人，刚好得到你送的一杯水。饥寒的人，刚好得到你送的一碗热汤。迷路的人，刚好得到你的指点……这一点一滴的好，却被他牢牢记在心上，在恰当的时候，加倍回赠给你。

小时听过一个传说故事，我奶奶讲的。贫穷人家的少年，每日揣上一个窝窝头，去山上放羊。那是他一天的伙食。这一天，又到午时了，少年从怀中掏出窝窝头，正打算吃。突然，他听到有呻吟声传来，四下寻去，看到一棵树旁，坐着一个衣衫褴褛的老婆婆。老婆婆颤巍巍地朝他伸出一双脏兮兮的手，嘴里喃喃道，孩子，我饿。少年看看手里的窝窝头，再看看老婆婆，他稍稍犹豫了一下，就走了过去，把窝窝头递给了老婆婆。

老婆婆接过窝窝头，冲少年笑眯眯地点点头。奇迹在这时出现了，刚刚还病歪歪的老婆婆，突然飞身站到一朵祥云上，她朝向少年抛下窝窝头，朗声说，好孩子，拿回家去，你可以买房置地了。少年捡起窝窝头一看，呀，好大一块金疙瘩。

我奶奶说，这是善有善报啊。

我信这个。你种下善的因，他日，定会结出善的果。当然，施恩并非是为了求回报，我们要的，只是心安而已。因为从善，我们会精神愉悦，世间的情才有所依，爱才有所倚。

一个刚出中学校门的孩子，来邮件问我，梅子老师，你说一个没有任何感情经历的人，能否获得爱？我这样回复他，我说，孩子，感情是个很宽泛的词，不仅仅指爱情。这世上，根本不存在感情一片空白的人。每一个人，从他一生下来起，就开始了情感的历程，父母之爱，兄妹之爱，同学之爱，朋友之爱，阳光之爱，雨露之爱……你已经获得很多很多的爱了。请珍惜。

如果用这样的大爱，来解读这首《木瓜》，则别有一番意思。那就是，要珍惜遇见的点点滴滴美好，哪怕寻常如木瓜、木李、木桃，也要心存感激，永不相忘。且尽自己所能，加以回报。这样，美好才不会断流。

唯有光阴不可负

蟋蟀在堂，岁聿[1]其莫[2]。
今我不乐，日月其除[3]。
无已大康[4]，职[5]思其居[6]。
好乐无荒，良士瞿瞿[7]。

蟋蟀在堂，岁聿其逝。
今我不乐，日月其迈[8]。
无已大康，职思其外。
好乐无荒，良士蹶蹶[9]。

蟋蟀在堂，役车其休。
今我不乐，日月其慆[10]。
无已大康，职思其忧。
好乐无荒，良士休休。

——《国风·唐风·蟋蟀》

【注释】

①聿（yù）：语气助词。

②莫：同“暮”。

③除：过去。

④大（tài）康：过于享乐。大：太。

⑤职：相当于口语“得”。

⑥居：处，指所处职位。

⑦瞿瞿（jù）：警惕的样子。

⑧迈：义同“逝”，去，流逝。

⑨蹶蹶（jué）：勤敏的样子。

⑩慆（tāo）：逝去。

其实，这本不关蟋蟀啥事儿。

可是，它偏偏像根时钟的指针似的，拽着季节，一刻不停地走啊走啊，往那时光深深处去。它跑进堂屋了，人恍然惊觉，岁月忽已晚。

年轻人大抵是不在乎这个的，他们也留意不到这个。对他们来说，好光阴多得一把一把的，似乎永远也挥霍不完。上了年纪的人，突然听见蟋蟀，在堂屋的墙角落里虚弱地叫，就怕冷似的，要打一个冷颤了，怎么一年又到头了？哦，“岁聿其莫”啊！

好快！不知不觉，秋已深，满地黄花堆积。

后世的词人蒋捷，在异乡的客船上，和着风雨，低声这般轻吟：

流光容易把人抛，红了樱桃，绿了芭蕉。

——樱桃红也红了，芭蕉绿也绿了，怕只怕，一回头，全是虚空。

这个时候，蒋词人已人过中年，羁旅不定，对时光的流逝，徒唤奈何。

人也只有到了一定年纪，才会有如此的感叹吧。历经人世的繁华与寥落，终究明了，没有谁比时间更长久。

一些落花般的叹息，从日子深处浮上来。是祖母的。祖母坐在檐下拣菜。要过年了，我们小孩子，多快乐啊，整天脚不沾地跑啊跳啊。一会儿过来问她一下，还有多长时间就到新年？那代表我们可以有新衣穿，可以吃肉丸子，看舞龙灯，走东家窜西家地疯玩。

祖母说，快了快了。我们转身快乐地叫，哦，快了快了。背后却传来祖母幽幽的叹息，日子咋过得这么快呐，咋又过年呐？年幼的心，怔一怔，哪里懂得祖母的叹息，只觉得不可理解，过年多好啊，她咋不高兴呢？那边有小伙伴在召唤，我们跑过去，随即把祖母的叹息给忘了。

对于小孩子来说，鲜嫩的时光，如青青的草，拔不完的。谁知道，不过只一眨眼的工夫，童年过完了，少年过完了，青年过完了，也已人到中年。这时候，方才明白，祖母那些落花般的叹息里，都是时光的羽毛在轻轻飘，抓不住的。

这里的这个老者，也是历经世事沧桑了罢？对，他应该是个老者，宽袖大袍，白发苍苍。岁月在他脸上，已然烙上深刻的印迹，横一条，竖一条的皱纹，都是风雕刻出来的痕迹。当他蓦然看到“蟋蟀在堂”，惊觉“岁聿其逝”，再看到“役车其休”——农人们辛苦劳作了大半年的牛车，也终于歇息下来，感伤也就哗啦啦袭上他的心头。回想自己的一生，许多的事，尚未来得及做；许多的景，尚未来得及看；许多的人，尚未来得及爱，可已“日月其除”、“日月其迈”、“日月其慆”了。时光，真的是禁不起蹉跎和虚掷的，一晃的一下，也就没了。

他忍不住思潮澎湃，感慨万端，人生是要学会珍惜当下的呀，要握住当下拥有的快乐，要不然，那时光就白白溜走了。他又大彻大悟起来，絮絮叨叨的，用自己的人生经验，告诫当下的年轻人：

无已大康，职思其居。

好乐无荒，良士瞿瞿。

无已大康，职思其外。

好乐无荒，良士蹶蹶。

无已大康，职思其忧。

好乐无荒，良士休休。

——有良智的年轻人啊，你们一定要警醒呀，切莫挥霍过度，要勤奋，要本分，要努力做好自己手头的事，要常怀远虑近忧，不要辜负了大好光阴哪。

谆谆教诲，犹在耳畔。那是祖父的，那是父亲的。一代一代的。也总要等到一些年后，年轻人方才有切身体会，人生在世，唯有光阴不可负。

弘一大师在临终之际，留下绝笔“悲欣交集”四字。我以为，那是对光阴最好的诠释。他的前半生糊涂混沌，后半生明澈清亮，到底没有负了光阴。

诗意的栖居

采采芣苢[①]，薄言采之。
采采芣苢，薄言有[②]之。
采采芣苢，薄言掇[③]之。
采采芣苢，薄言捋[④]之。
采采芣苢，薄言袺[⑤]之。
采采芣苢，薄言襭[⑥]之。

——《国风·周南·芣苢》

【注释】

①芣苢（fú yǐ）：植物名，即车前草，嫩苗可食。其叶和种子都可以入药。

②有：取得。

③掇（duō）：拾取。

④捋（luō）：顺着茎滑动成把地采取。

⑤袺（jié）：一手提着衣襟兜着。

⑥襭（xié）：把衣襟掖入腰间以盛物。

我姐没念完初中就辍了学。

不是因为念不起。我父亲算是个文化人，他是砸锅卖铁也要供我们念书的。

是我姐死活不肯再念了的。

说起来的原因很可笑，只因一日，她偶然遇到了那些笑声。

那日，应该是放学后了，我和她去地里割猪草。黄昏的风，吹得又轻又软。夕照的碎金子，洒得满田都是。我们挎着草篮子，走在田埂道上，道旁边，满地的野花恬恬然。我们有时会弯下腰，扯上一把野花，捧在手上，黄的粉的都有。女人们的笑声，突然撞过来，像一群莽撞的鸟儿。女人们在不远处的棉花地里除草，也不知什么缘故，惹得她们互相追逐着哄笑起来。

我姐当时就呆了。她痴痴看着在地里面追逐笑闹的女人们，忽然对我说，她们多自由啊，我喜欢像她们一样这么快乐着，我不想上学了。

第二天，我姐就不顾家里人强烈反对，执意从学校搬回凳子。然后，扛起锄头，和那些女人们走在一起了。她至今，还过着她想过的日子，有小楼一幢，房前种花，房后长菜。问及她，后不后悔当初的选择。我姐笑答，不后悔，我这多自在啊！

我有时挺羡慕我姐的，她过的小日子，就是很多城里人梦寐以求的诗意的栖居啊！只是，我们都拿不出她那份决然的勇气，过自己想要的生活。

而在从前，在遥远的诗经年代，这样的日子，遍地皆是。

不过一夜春风吹，地里的车前子，就全都唰唰唰冒了出来，绿绿地招摇。女人们相约了来采车前子的嫩苗儿。那时，车前子是人们餐桌上常见的一种食物。煮汤喝，或凉拌了吃，都有之。据说现在有些朝鲜族人，还留有喝这种汤的习惯。且车前子还被当成一味绝好的草药，管女人生孩子的。

女人们揣着爱，走在春天的路上。她们素面朝天，有着小麦一样的肌肤，有着健壮的胳膊，她们像一朵一朵的云，飘进野地里。嫩嫩的车前子，铺在她们的脚跟边。她们蹲下身子采摘起来，用衣兜装，拿衣襟兜，一边欢快地唱起歌来。四野辽阔，她们的歌声在回荡：

采采芣苢，薄言采之。
采采芣苢，薄言有之。
采采芣苢，薄言掇之。
采采芣苢，薄言捋之。
采采芣苢，薄言袺之。
采采芣苢，薄言襭之。

我真想化身为她们中的一个，在这大自然的怀抱里，就这么尽情地放声高歌，让绿绿的草，染了眼睛，染了手，染了心。让自己也变成绿色植物中的一株，与那样的天，那样的地，相亲相爱。

我脑中蹦出一阕汉乐府来。和这里的《芣苢》，真能算得上是姊妹篇：

江南可采莲，
莲叶何田田。
鱼戏莲叶间。
鱼戏莲叶东，
鱼戏莲叶西，
鱼戏莲叶南，
鱼戏莲叶北。

美，美得不可言说。人与自然，本应这么相融相生，一派生机。在这里，人是鱼，鱼也是人，男欢女爱，莲叶田田，醉了江南。

可惜，这样的自然画卷，我们今天难得见着了。

周国平说：“天生万物，人是万物之灵。然而，人的灵魂不是孤立的存在，它只是大自然的灵气的凝聚，它必须和万物保持天然的联系，那凝聚的灵气才不会飘散和枯竭。”

想想，有些可怕。我们成天待在钢筋水泥筑造的房子里，看不到花开，听不到鸟鸣，有多少人，已散失了灵气？

如果可能，还是抽空去野地里走走吧，让自己接接地气，好使自己不至于干涸。春天时，挑挑荠菜。秋天时，摘摘野果子。虽说现实里不大可能实现诗意的栖居了，至少在心灵上，给自己留一块净地，修篱种菊。

偷得浮生半日闲

鹤鸣于九皋[1]，声闻于野。
鱼潜在渊，或在于渚[2]。
乐彼之园，爰[3]有树檀，其下维萚[4]。
他山之石，可以为错[5]。

鹤鸣于九皋，声闻于天。
鱼在于渚，或潜在渊。
乐彼之园，爰有树檀，其下维榖[6]。
他山之石，可以攻[7]玉。

——《雅·小雅·鹤鸣》

【注释】

①九皋（gāo）：沼泽之多。九：虚数。皋：沼泽。

②渚（zhǔ）：水中小块陆地。此处指浅滩。

③爰（yuán）：语气助词。

④萚（tuò）：枯落的枝叶。

⑤错：磨石，可以打磨玉器。

⑥穀（gǔ）：树木名，即楮树，其树皮可做造纸原料。

⑦攻：琢磨。

这几声鹤鸣，历来争议颇多。《毛诗序》认为，这是“诲（周）宣王也”，意在劝谏周宣王，应该招用隐居山野的贤才。宋代朱熹则认为：“此诗之作，不可知其所由，然必陈善纳诲之辞也。”嗯，朱熹他老人家也拿捏不准，这几声鹤鸣，到底是在说谁。却又断定，这必是意在劝人为善。

抱歉，我看到的，只是日常生活中的一个诗意的片断。凡俗的生活是寻常的，但偶尔，还是会撞见诗意的。花开，鸟鸣，月升，日落，总能不经意地碰触人心中的柔软，让诗意，在心中铺陈出一片绿茵。

就像这样一个悠闲的秋日午后，有那么一个人，他不敌窗外好风好水的召唤，换衣着屐，出了家门，信马由缰的，也就走到了野外。

一路的秋景秋色，多么撩人，那是不消说的。就算放我们今天，在秋天，也还是能见到一些美景的。我们跑去无锡看银杏黄，跑去香山看枫叶红，跑去新疆看胡杨林。何况，那时的环境生态，全是纯天然的，一点没遭到破坏。山有山的样子，树有树的尊严，鱼有鱼的自在，风有风的肆意。没一样，不是好的。

这个人的眼里、耳里、心里，很快灌满了这醉人的秋：

鹤鸣于九皋，声闻于野。

鱼潜在渊，或在于渚。

乐彼之园，爰有树檀，其下维萚。

秋色连波，碧空万里。鹤的叫声，从沼泽地的深深处传来，响彻四野，惊起了一地的阳光。山色斑斓，下有深潭，有河湾，有浅滩。鱼儿在潭里追逐潜游，又或在浅滩边嬉戏。潭边长有青檀树，遒劲蓬勃，秋在上面，一点一点描上了影。树下落叶堆积，阳光打在上面，像散落了一地的碎金子。

这个人也只是静静地看着，听着，面上，或许浮上浅淡的笑。生活也许不是一帆风顺，这般那般的烦恼也是有的，可有这浮生半日闲，对他来说，所有的历经，也便值得了。

他任由思绪，也信马由缰起来，说出了颇为玄奥的两句话：

他山之石，可以为错。

他山之石，可以攻玉。

他这信口一说，可让我们这些后人大费周折了，竞赛着猜谜似的，想猜测出他这两句话的本意。有说他是求贤若渴，他国的人才，也可以吸纳过来，成为我们这个国家的精英。有说他是要借鉴他人的好经验，使自己更趋完美。

我却想，有没有这样一种可能，他也就是触景生情罢了，看到别的山上的石头，想着，也可以把它雕琢成玉。我总觉得，这样一个悠闲的午后，面对那样如诗如画的美景，他若还劳心劳肺地忧国忧民，与彼情彼景，很不搭的。

此刻，也是一个午后，我坐在屋内写作。初秋的风，从窗外，一波一波拥进来，是恰到好处的清凉。蝉在楼下的花树上，吱吱地鸣叫，宛如弹着七弦琴。紫薇的花，开得快疯了，红红紫紫，攒成那么大一个一个的花球球。天空难得的晴朗，白云朵一朵一朵，眼看着就要飘下来，我希望它落满我的窗。我停笔好一会儿，只静静看着，听着，发着小呆，内心欢喜。说不上的，就是欢喜。

这无关世事万千。浮生半日，能如此悠闲，便胜却人间无数了。

只是一点牢骚

出自北门，忧心殷殷[①]。
终[②]窭[③]且贫，莫知我艰。
已焉哉！天实为之，谓之何哉！

王事适[④]我，政事一埤益[⑤]我。
我入自外，室人交徧[⑥]谪[⑦]我。
已焉哉！天实为之，谓之何哉！

王事敦[⑧]我，政事一埤遗我。
我入自外，室人交徧摧[⑨]我。
已焉哉！天实为之，谓之何哉！

——《国风·邶风·北门》

【注释】

①殷殷：心情沉重的样子。

②终：既。

③窭（jù）：房舍简陋。

④适（zhì）：掷、扔。

⑤埤（pí）益：增加。

⑥偏：同“遍”，全都是。

⑦谪（zhé）：谴责，指责。

⑧敦：逼迫。

⑨摧：催迫，折磨。

人在背时的时候，真是喝凉水也塞牙。

像这里这么一个倒霉的中年男人。

家境贫寒，破门破户地住着。追溯到祖上上五代，可能都是布衣平民。他赤手空拳打天下，好不容易在公府里混了个小官差。然而，这似乎并没有使他活得舒坦起来，反倒添了太多堵心的事儿。

忙。他比谁都忙。上有老，下有小，他要为一家的衣食奔波。每天一大早，他就出了门。也总要忙到天黑才归家。

王事适我，政事一埤益我。

王事敦我，政事一埤遗我。

王事差遣那么多，公府上的事更多，做不完啊，事事都在催逼着他。他小心谨慎地应对着，生怕得罪了谁。尽管如此，还是要常常受到上司的责难。他心里憋闷着，却又不敢发作，只有低头做事。他就像一只蜗牛，背着重重的壳求生，活得卑微、渺小，没有自我。

在外那么辛苦，他指望着回到家，能享受到片刻的宁静和温暖，却不能够。

我入自外，室人交徧谪我。

我入自外，室人交徧摧我。

他拖着疲惫的身子，拿着微薄的薪水走进家门，他老婆一看，就气不打一处来了。自打跟了他，她一直过着“终窭且贫”的日子，她过够了！于是抱怨、数落、指责，甚至谩骂，劈头盖脸朝向他。

儿女们也都不同情他，他们不知在外打拼的艰难，赚钱的不易，只道是他这个做爹的，没本事让他们过上富裕的生活。他们交替着数落着他的不是，嘲笑他的无能。

这个老实巴交的男人，就这样被打进夹层，里外不是人。他欲哭无泪，也只能等一家人熟睡了，一个人，悄悄出了北门，跑到荒郊野

外，对着茫茫夜空，长叹几声发泄：

已焉哉！天实为之，谓之何哉！

——唉唉唉！老天如此安排，我有什么法子呢！

这样的男人，我们不陌生。哪朝哪代，随便一抓，都能抓出一大把来。他们生活在社会最底层，勤劳、朴实，生性木讷、懦弱。他们拼死拼活地干着活，只期望有朝一日，能带着家人住上大房子，过上好日子。

可上帝的眼睛似乎闭着，命运对他们似乎不肯眷顾一点点，尽管他们勤勤勉勉，到头来，一家人的日子还是过得苦巴巴的。现实的逼迫，让他们有时不得不做出本能的反抗，铤而走险者有之，揭竿而起者有之。从前的朝代，多出土匪强盗，也许就是这样的命运使然。

在湘西，我曾特地跑去看了那里遗存下来的土匪窝。土匪窝在一地势险要的山上，以一深深的峡谷为进出口，易守难攻。我手脚并用爬上去，看到的只是几个空旷的大山洞，用石头当凳子当桌子当床，再无他物。想当年，那土匪当得也不容易。都是穷苦人家的男人，横竖是活不下去了，索性横下一条心，占山为王。他们中，有的专门劫富济贫，表现出男人家的血气方刚，倒也大快人心。古时有“草莽英雄”之说，我以为，说的就是这些人。

但愿这个男人，只是偶尔这么发点儿牢骚罢了。他不会放弃，也不会去做傻事儿。生活再艰难，也总得活下去。活，才是人生第一要义。有时，只管往前走，走着走着，也许就能柳暗花明时来运转了。又，生活纵有再多的琐碎繁重，也总能挤出种下一盆花的地方。真希望他能为自己种上一盆花，让明媚，在心头缓缓地开。

闲云野鹤 不是那么好做的

考槃①在涧，硕人②之宽③。
独寐寤言，永矢④弗谖⑤。

考槃在阿⑥，硕人之薖⑦。
独寐寤歌，永矢弗过。

考槃在陆⑧，硕人之轴⑨。
独寐寤宿，永矢弗告⑩。

——《国风·卫风·考槃》

【注释】

①考槃（pán）：敲击木盘。槃：木盘。《毛传》说："考，成；槃，乐。"朱熹《诗集传》说："考，扣也；磐，器名。盖扣之以节歌，如鼓盆拊缶之为乐也。"

②硕人：形象高大外表俊美的人。指隐者。

③宽：心胸宽宏。

④矢：同"誓"。

⑤谖（xuān）：忘却。

⑥阿（ē）：山坡。

⑦薖（kē）：宽大的样子。

⑧陆：土丘。

⑨轴：盘旋，逍遥。

⑩告：哀告，诉苦，哀诉。

我在“考槃”这两个字上打转。这更像一个人的名字，禅意深深，仿若梵语。《毛传》和朱熹的解释，都倾向于一个人敲击乐器而乐。也有人把它解释为筑房子的。

我还是喜欢把它想成一个人，宽袖大袍，束发高冠，腰佩玉带。或许他不是，他不要世俗的俗，衣啊冠啊玉的，统统不要。他以草叶遮身，他披发在肩，在山涧畔，在山坡后，在高岗上，自由徜徉，或歌或舞，闲云野鹤般的。

这样的画面，让我想到清代陈沆的诗：

一帆一桨一渔舟，

一个渔翁一钓钩。

一俯一仰一场笑，

一江明月一江秋。

世界只是一个人的世界，没有喧嚣，没有车马川流。无拘无束，便有了灵的自由，魂的飞扬。

他似乎做了真的闲云野鹤。

且不是一般的闲云野鹤。即使远离了尘嚣，他的优秀杰出，还很让世人津津乐道：

考槃在涧，硕人之宽。

考槃在阿，硕人之薖。

考槃在陆，硕人之轴。

在《诗经》里，硕人多指美人。譬如《硕人》篇中，有“硕人敖敖，说与农郊”之句，说的是外表高大的美人，把马车停在郊外农田旁。随意浅想一下那画面，也美得不行，田野里碧绿的庄稼，是这个大美人天然的背景。她是宣纸上一朵硕硕牡丹花，给人朗朗的感觉。

在这里，用“硕人”称这个隐士，其溢美之情，不言而喻。外表俊朗自不必说，还从容淡定、心胸宽广，当是看破红尘的高人了。

我却促狭地想着这一幕：某天，曾经的乡邻，在某个山坳坳处突然看到他，衣衫褴褛，头发齐膝长，整个一野人形象。那乡邻很吃惊，高着声问候他，你一个人住在这里，还好吗？想必他也吃惊了，躲是躲不了的，只得大着声，大笑着应，啊，好，挺好，我一个人独睡独醒，独言独歌，自由自在得很哪。

呵呵，这多少有些滑稽。但他的确是在故作姿态，有点强撑的意思。若是真的隐士，犯得着这么大声嚷嚷着，发着誓说，永矢弗谖永矢弗过永矢弗告么？——哼哼，我是坚决不会更改我的初衷的，我是坚决要把隐士生活进行到底的！

嗯，我笑了。你要做隐士，犯得着这么大声表白么！你悄悄去做得了。像那个介子推，纵使大火想烧他出来，他也不吭一声，宁愿被烧死。

有时，越是如此表白，越是心有所系。就像女子爱恋一个人，偏说，我不想你不想你一点也不想你。那只能说明，她心里其实想得要命。一旦他稍稍勾勾手指头，她所有的矜持，立即土崩瓦解，她会丢盔弃甲，奔他而去。

何况，闲云野鹤不是那么好做的，它滤去了尘世千千万万的苦，呈现的，只是裸露在外面的几根羽毛。陶渊明罢官归田，写下“采菊东篱下，悠然见南山”的诗句。清风徐徐，仿佛天天都有菊花大朵大朵地开，直把隐士当神仙。而事实上如何呢？乡下的生活我经历过，偏远荒凉且不说，稼穑绝不是那么好稼穑的，土里刨食，一滴汗水摔八瓣，怎一个沉重了得。倘若陶渊明真能过得那么悠闲自在，那我们那些种田的老百姓，岂不都神仙了又神仙？现实是那般残酷，郁郁不得志，他只能用诗意的想象，来安抚他那颗千疮百孔的心。

曾去过一个寺庙，跟受过戒的小和尚聊天，我问，你真的能做到六根清净吗？

他答得模棱两可，说，哦，是吧。

我转身走，回头，看到他走进一块青菜地，拔了一捧青菜在手。我笑了，青菜也是尘世之物的。还有，佛像前的募捐箱里的捐来之物，哪一样不带着尘世的风尘？高僧在堂，嘴里念的，是普度众生。若不关注众生，又如何普度？

想来，只要你的双脚，还沾着这尘世的土，你就与它有着千丝万缕的联系，是做不到真正退隐红尘的。

还是喜欢一个叫宇文柔奴的女子。她是北宋画家王巩的歌女，当王巩因苏东坡的“乌台诗案”，被贬广西边陲，她只身相随，在那里，吃尽苦头。五年后，她才得以归来。一次家宴上，苏东坡问她，广南风土，应是不好？她平静地答，此心安处，便是吾乡。

这才是真正的高人。无须刻意逃避，万丈红尘之上，只要守住心的宁静，便自会有一处洁净的家园，安置灵魂。

自得其乐好度日

衡门[1]之下，可以栖迟[2]。
泌[3]之洋洋[4]，可以乐[5]饥。

岂其食鱼，必河之鲂？
岂其取妻，必齐之姜[6]？

岂其食鱼，必河之鲤？
岂其取妻，必宋之子[7]？

——《国风·陈风·衡门》

【注释】

①衡门：横木做成的门，指简陋的居所。

②栖迟：栖息，安身。

③泌（bì）：泉水。

④洋洋：水流大的样子。

⑤乐（liáo）：通“疗”，治疗。

⑥齐之姜：齐国姓姜的女子，代指齐国贵族女子。

⑦宋之子：宋国姓子的女子，代指宋国贵族女子。

诗经年代，陈国是个极有意思的小国家。一方面，它的国力并不强盛，常受到别国的挤兑和欺负，民不聊生。另一方面，国人的性格，却又浪漫又开朗，哪怕穷得只剩下半点碎银子，也要买上一盆花，玩玩偶遇，谈一场有情调的恋爱。陈国东门外的白杨树可以作证，男女青年常跑到那棵树下去约会。

这里的这个青年，家也清寒，拿横木当门，居住简陋，一贫如洗。可骨子里的浪漫和乐观，丝毫不受影响，成天哼哼唱唱的，快乐得很。

旁人替他担忧，你看你年纪也不小了，家里还这么穷，你也不想办法改变改变呀。将来你住什么地方，又吃什么呀。将来你娶个什么样的老婆呀。

青年却不担心，他照旧快乐着他的快乐。横木当门的简陋小屋，清风明月，霜露雨雪，都可以进来。青年不介意，他乐呵呵地说，可以安身就很好了呀。

饥渴的问题，也好解决：

泌之洋洋，可以乐饥。

小屋的旁边，就有清泉环绕，昼夜不停息地流淌着，既可以解渴，又可以疗饥。如果他愿意，还可以垂钓。钓来小鱼改善改善伙食，跟黄河里的鲂鱼和鲤鱼，一样的美味。

至于结婚，他自有打算。他已被恋爱撞了一下腰。那姑娘的家亦很清寒，可是，人却又朴实又勤劳，还活泼大方着。他带着野花或是茅草，和姑娘频频约会。

旁的人又替他急了，你怎么能娶个这么穷的姑娘呢？她不会给你带来好运的。

青年乐了，他笑哈哈地说：

岂其取妻，必齐之姜？

岂其取妻，必宋之子？

——难道娶妻，一定得娶齐国那姓姜的，或宋国那姓子的贵族之女？这白日梦我才不会去做呢，我要娶就娶她，这个适合我的好姑娘，她丝毫不比那贵族家的千金差。

有人笑他“酸葡萄”心理，吃不到葡萄就说葡萄是酸的。我却感动于他的风趣与乐观。穷困潦倒，也许是他无法回避的事实。与其整天唉声叹气，破罐子破摔，还不如笑着面对，自得其乐好度日，在贫贱之中，开出幸福的花来。

我的一个作家朋友，跟我讲过一个故事。夏天的时候，他和一行人，去甘肃的一个山沟沟里采风。当地不少孩子，赤着脚，站在路边好奇地看着他们。事前，我的朋友想象过那里的贫穷，房屋低矮，衣食有限，只能勉强维持温饱。但真的到达了那里，眼见到的贫穷，还是让我的朋友大吃一惊，那里的孩子，居然至今没有喝过矿泉水，更不知道冰淇淋巧克力是啥玩意了。就在他唏嘘得不行时，一个小女孩跑过来，牵了他的手，要带他去看世界上最美的花。小女孩把他带到一幢泥房子后，指着地上的几朵蘑菇花，骄傲地告诉他说，这是我种的花，它是这个世界上最美的花！朋友在那一刻震惊了，朋友说，那孩子的心里住着大美，她的内心不贫穷。

我想起一个女孩来，女孩长得很胖。那是真的胖，臂粗腰圆，个子又高，魁梧得实在不行。换了别的女孩子，一定愁也愁死了，肯定要想尽办法减肥。她却一点愁苦也没有，成天嘻嘻哈哈着，快乐得很。遇到好吃的，她绝对不会放过，大啖为快。她笑着自嘲，有人说我胖得像头猪。嗯，我就喜欢猪，猪多好啊，又能吃又能睡的。我就是要做头快乐的猪！

她快乐的情绪，真能感染人。跟她在一起，你再灰暗的心，也会变得灿烂起来。只要跟她照过一次面的，很快的，都会被她俘虏过去，成为她的朋友。

生活有时的确难得公平，有人富有，有人守贫，有人总是好运当头，有人偏偏厄运连连……可是，太阳是公平的，月亮是公平的，四季轮转是公平的。纵使什么都失去了，还有那衡门的屋檐，可以挡风避雨。还有那清清的泉水，聊以充饥。好好活下去，在卑微中守得蘑菇花开，也不失为一种积极人生。

我有嘉宾

呦呦[1]鹿鸣，食野之苹[2]。
我有嘉宾，鼓瑟吹笙。
吹笙鼓簧，承筐是将[3]。
人之好我，示我周行[4]。

呦呦鹿鸣，食野之蒿。
我有嘉宾，德音[5]孔昭[6]。
视[7]民不恌[8]，君子是则[9]是效。
我有旨[10]酒，嘉宾式燕以敖[11]。

呦呦鹿鸣，食野之芩[12]。
我有嘉宾，鼓瑟鼓琴。
鼓瑟鼓琴，和乐且湛[13]。
我有旨酒，以燕乐[14]嘉宾之心。

——《雅·小雅·鹿鸣》

【注释】

①呦呦（yōu）：鹿的鸣叫声。

②苹：艾蒿。

③承筐是将：指奉上礼品。将：送，献。

④周行（háng）：大道，引申为大道理。

⑤德音：美好的品德声誉。

⑥孔昭：非常显著。

⑦视：同“示”。

⑧恌（tiāo）：同“佻”，轻薄，轻佻。

⑨则：法则，楷模，此做动词。

⑩旨：甘美。

⑪式燕以敖：宴请（宾客）嬉游乐逍遥。式：语气助词。燕：同“宴”。敖：同“遨”，嬉游。

⑫芩（qín）：草名，蒿类植物。

⑬湛（dān）：欢乐。

⑭燕乐：安乐，快慰。

小时候，我特喜欢家里大摆宴席，大宴宾客。

那都是些什么事儿呢！生日庆算一个。但得逢整十位数的。比方说，我姐过十岁生日。除了生日庆，再有的重大事件，就是婚嫁。我小姑出嫁，家里一下子摆了两天的宴席。然后就是砌新房，这个几率太小了。不过，还是被我碰上一回。我家搬过一回家，新盖了三间房，新房落成日，来客多，足足摆了十多桌。

在决定要大宴宾客前，大人们早就忙活开了。涮盆洗锅，杀鸡宰羊。又借来桌子凳子。四四方方的桌子，周围摆上长条凳。碗筷有时不够，也要借的。这时候，邻居们大多热情大方得不得了，差什么就送什么来。屋子也都清扫干净，家神柜上，还特地摆上我们采来的小野花。

我们小孩子，蹦蹦跳跳进进出出，被大人关照，看到客人要打招呼，要懂礼貌。厨房里蒸腾出好闻的油烟味，邻居们也都被请来帮忙，烧火的烧火，切菜的切菜，洗碗的洗碗，摆桌子的摆桌子。大家说说笑笑，一心一意，只关乎吃的，不关乎其他。

客来，都是衣着整洁鲜亮的。到人家赴宴那绝对是一件庄重事，他们都把平时压在箱底下的衣裳拿出来了。我们也都换上新衣裳，梳洗一新。这个是叔，那个是姨，我们一个一个叫过去。他们会摸我们小孩的头，说些又长高了好懂事呀之类的话。然后，按席位大小，互相谦让着，最后，终于都入了座。

菜肴一个一个端上桌，酒也满上了。我爸——家里的当家人，会端起酒杯，说几句开场白，欢迎各位嘉宾光临寒舍。再讲究一些的人家，还会请了唱小曲的，或是说书的，在一旁助兴。那热烈就盖了去了，会吸引很多人来围观。

宴席上，人人都彬彬有礼温文尔雅着，面带微笑，一团和气，看上去又亲厚又温暖。大家互相敬酒，说着些祝福的话。按长幼先后顺序，那是绝对礼数周全的。那时，我总是一边欢喜得要命，一边又惆怅得要命，真希望这样的宴席不要散去，长长久久地在着才好。

这是宴文化，它是烙在一个民族的血液里的，和着民族一起成长的。

这样的宴文化，相传，从尧时代就开始了。那时，尧一年里要举行七次敬老的曲礼，谓之“燕礼”。曲礼进行时，大家席地而坐，一鼎一鬲，分享美酒，分食兽肉。整个宴会期间，有着自成一套的礼仪，人人都能自觉遵从，于不知不觉中，受到德的浸润。

到周时代，这样的宴文化，已日趋成熟。不但宫廷盛行，民间也推广。且形成了一套宴席礼仪。比如，在宴席上是要奏乐助兴的。

这里的《鹿鸣》，正是其中的一首曲子。

我以为，它最初的出处，应是写实的。

是君王宴请群臣呢，还是贵族鼎盛之家，搞的一次家宴？这个不重要了。我们看到的是，一片欢乐祥和其乐融融。

呦呦鹿鸣，食野之苹。

呦呦鹿鸣，食野之蒿。

呦呦鹿鸣，食野之芩。

多美的画卷！室外，一望无际的，是绿色的原野和丛林。鹿多得像鸟，它们呦呦而叫，呼朋引伴，在那片辽阔的土地上，吃艾蒿，吃蒿草，吃芩草。自由自在，无忧无虑。

客人们一个个到齐了。笙瑟簧琴吹起来弹起来。“承筐是将”，——客人们奉上精心准备好的礼物。主人跟来客一个一个打招呼，请他们入席。他心里真是高兴：

人之好我，示我周行。

——我请的客人，都是我尊重着的，他们能给我带来不少好的人生指导呢。

客坐定，宾主举杯。由他宣布宴席开始，他对他的来客们一通猛夸：

我有嘉宾，德音孔昭。

视民不恌，君子是则是效。

——我呀，有一批好宾客，你们美好的名声，早就传扬开了。你们品行端正不轻佻，君子贤人都拿你们来做榜样的。

这样一通赞扬，客人哪有不听得心花怒放的？他们越发变得谦恭有礼了。美酒佳肴，和乐且湛。

像这样嘉宾云集的宴席，后世求贤若渴的曹操，曾极力效仿之，他在他的《短歌行》里，充满渴望地写下：

呦呦鹿鸣，食野之苹。我有嘉宾，鼓瑟吹笙。

蚕事

十亩之间兮，桑者[1]闲闲[2]兮，行[3]与子还兮。
十亩之外兮，桑者泄泄[4]兮，行与子逝[5]兮。

——《国风·魏风·十亩之间》

【注释】

①桑者：采桑的人。

②闲闲：从容不迫的样子。

③行：且，将要。

④泄泄（yì）：同“闲闲”。

⑤逝：往。

江浙一带的农事里，占据十分重要位置的，是蚕事。分春蚕和秋蚕。夏季也养，但少量，只是养着玩。那时歇桑。除了野桑树上尚有叶子外，家植桑树，都在养精蓄锐着，枝条上的叶，才冒出指甲大小。但一俟秋风起，那些桑叶，全憋足了劲儿，疯长。不过三两天，满桑园看过去，已成叶的海洋，绿海洋。繁密得不露一丝缝。那些蚕宝宝，可以放开了肚皮吃。只听一片沙沙沙，沙沙沙，急风骤雨。是它们在忙着吃桑叶。一条一条蚕，伏在芦苇席上，青白而胖的小身子，蠕动着，丰衣足食的安泰样。

我读到这首《十亩之间》时，我想起这样的蚕事。令我大为吃惊的是，原来，北方也养蚕的，在诗经年代。曾经的典盛，远远超过现在的江浙，几乎家家事蚕事。甲骨文里有祭祀蚕神的记载，说明早在商代，黄河流域的蚕事和丝织业，已相当发达。

那么，是谁第一个发现了蚕这种小虫子能吐丝，且那丝可以织成布？我毫不怀疑，发现它的是女人，女人的细心与敏锐，与生俱来。也许只是一场偶然，一个到山坡上采野果的女人，无意中在一棵野桑树上，发现了一些蚕宝宝。它们洁白柔软的小身子，让女人很喜欢。女人就天天跑去看它们，像守着一棵花树等花开。蚕宝宝们在女人的守望中，一天天长大，它们吐丝，结也雪白的茧子。女人捡了那些茧子回家，把它们当鸟蛋给煮着呢，结果，抽出了亮亮的丝。

人类的智慧，是道神秘的符，不可解。

十亩？是的，十亩。桑园幽幽。再掏一块白地儿，种半畦蚕豆，或半畦大白菜。之间，之外，都是。多大的庄子！多大的田园！女人们在十亩之间，十亩之外，劳作着。把一个一个的日子，打点成饭桌上冒着热气的饭菜，打点成身上穿着的布衣裳。

是在仲春，或是在仲秋，阳光灿烂。一个村庄，都被阳光拥抱着，波光粼粼的。一望无际的，是桑树园。肥绿的桑叶，把一个天地，铺成浓墨重彩的油画。采桑女推开柴门，顺便弯腰在院墙外，扯一把青草，丢给跟在身后咩咩咩叫唤的羊。一个，两个，三个……她们肩背手提的，是藤编的筐。她们结伴着，去桑园采桑。

布衣荆钗，脸庞黑里透红，长头发黑而闪亮，这是她们最健康的模样。她们在桑树林间穿梭，飞快地采着桑叶。桑叶乳白的汁液，黏在她们手上，洗也洗不脱。她们的手，什么时候闻起来，便都有一股桑叶的味道。而那些白而胖的蚕，是最喜欢亲近她们的手的，她们只要轻轻一拨弄，蚕们就会舒服地伸伸小身子。

十亩之间兮，桑者闲闲兮。

十亩之外兮，桑者泄泄兮。

是谁在远远地观望？十亩之间，十亩之外，那些采桑女的身影，从容、轻盈，像花蝴蝶。有歌声响起，这边唱，那边和。柔媚得似风吹。画面是这样的迷人，让远远站着看的那个人，忍不住击掌大叹，妙啊！于是妙出了这首《十亩之间》。

夕阳西下，鸟儿归巢。采桑女们的筐子，满了。一筐筐的绿汪汪。她们背起筐子，额上沁出细密的汗珠。她们随手在额上捋一把，桑叶的汁液，便又黏到额上去了。一张脸，成大花脸，眼睛却亮晶晶的。几个姑娘互相取笑着，站在路边等那个最慢的，她还在桑园深深处呢。

行与子还兮。

行与子逝兮。

——你快点嘛，我们在等你一起走啊。她们一齐叫。

桑园深深处有脆脆的应答，就来了，就来了。

有狗前来接应她们，在她们前头，撒着欢奔跑。村庄上空，开始飘起了炊烟。

她们是我的母亲，她们是我的姐姐。至今，我的母亲和姐姐，还在那片桑树林中，采着桑叶。蚕宝宝们胖胖的身子，躺在芦席上。只听见沙沙沙，沙沙沙，急风骤雨。是蚕食桑叶的声音。每条蚕，吃饱了喝足了，会变成洁白的茧子。而那茧子，会变成我们身上的衣服、围巾和被子，会变成我们手里的一方帕。握着这些丝织物，我似乎握到了桑叶的温度。

这是人类之所以生生不息的秘密所在。

小人得志

羔裘豹袪[①]，自我人居居[②]。岂无他人？维[③]子之故。

羔裘豹褎[④]，自我人究究[⑤]。岂无他人？维子之好[⑥]。

——《国风·唐风·羔裘》

【注释】

①袪（qū）：袖口。“豹袪”即镶着豹皮的袖口。

②居居（jù）：即“倨倨”，傲慢无礼。

③维：唯，只。

④褎（xiù）：同“袖”。

⑤究究：恶也，指态度傲慢。

⑥好：旧交。

不大喜同学聚会。

我相信，跟我有同样想法的，一定大有人在。

年少时，大家都是青嫩嫩的，挤在一个课堂里读书，挤在一张床铺上睡觉。谁对谁都是知根知底的，没有谁瞧不起谁，没有谁比谁更优越。一到周末，相约了，骑上几十里的路，呼啦啦跑到一个同学家里去。同学家房檐低矮，家徒四壁，那也是没关系的。一盘子韭菜炒鸡蛋，也能吃出全天下最美味的感觉。友谊地久天长。

一二十年后，再相见，面目基本全都变了样。从前的瘦豆芽，长得健壮得不得了。从前的寒门子弟，做了大官，衣锦还乡了。兴奋之余，总感觉哪里不对劲，是因为，沾染上的世俗气太浓了，少了当初的简单清纯。发达了的，神采飞扬，炫东炫西，仿佛天下都是他的。落魄的，独坐角落，黯然不语，混了几十年，没混出个名堂来，羞愧哪！

这样的聚会，真是伤筋动骨的，聚了何益？不要也罢。

我也有高中同学，一别经年，他从贫寒子弟，一跃成了某成功人士。聚会时，他来，一屋的人都站起来跟他握手，种种奉承话奉上，他照单全收。那日，他当仁不让坐到首席上，指点江山，夸夸其谈。最记得他说一句，我跺一脚，某城也要晃三晃。其猖狂可见一斑。承蒙他看得起我，三天两头来问候，并约见。我总找理由推辞。这样的人，我还真不待见。

我再讲个故事，是从前村子里的。

村子里有个无赖叫二豁子。我那时人小，以为这二豁子就是他的名字呢。事实上，是村里人对他的鄙视之称。这人做过一些什么坏事情，我是不大有印象的。但村里人好像都深受过其害，大家提到他都撇嘴。这人后来跟着发达了的姐夫，混成个小老板。再回村，耀武扬威得不可一世，霸占人家的祖宅，吃掉人家的良田。

我祖母那时还在世，我祖母说，小人得志，早晚要遭报应的。

果真的，这个人猖狂了没几年，先是老婆病死。唯一的女儿，也离家出走，下落不明。有一天，他被人发现死在堂屋中央。什么时候死的，为什么会死的，众说纷纭。

以前我对这些“小人”的存在，还有诸多的不理解，会追问为什么。但再读这首《羔裘》，我变得淡定多了。远在诗经年代，就有这样的“小人”在。这说明，人性有善恶有美丑，是必然的一种存在。我们要做的，只是力求使自己变得完美一些，不伤害他人，不曲意逢迎，做个正直善良的好人。

如《羔裘》中的这一个。

他不过一介布衣。从前跟他一起在乡村野地里摸打滚爬的朋友，后来飞黄腾达了，当了大官了，穿上了袖口镶着豹皮的衣裳，到处招摇。跟他见了面，也总是以“自我人居居”，趾高气扬得不得了。这个清寒的布衣，没有在得势的那一位面前矮下去，而是当面跟那一位叫起板来：

岂无他人？维子之故。

岂无他人？维子之好。

——呀呀呀，你以为你是谁呢！不是少了你地球就不转的。我全是顾念往日的情分，才继续跟你交往的。

嗯，我要给他掌声！你走你的阳光道，我过我的独木桥。——做人要的就是这般的痛快才好啊！

母亲的心

二子乘舟，泛泛[1]其景[2]。
愿言思子，中心养养[3]。

二子乘舟，泛泛其逝[4]。
愿言思子，不瑕[5]有害。

——《国风·邶风·二子乘舟》

【注释】

①泛泛：飘荡貌。

②景：通“憬”，远行貌。闻一多《诗经通义》：“景读为‘迥’，言漂流渐远也。”

③养养：心神不定的样子。

④逝：往。

⑤不瑕：不无。

无法让时光倒流过去，看看当年真实的样子，到底是谁站在岸头，演绎了这场送别。舟行渐远，远得只剩一线墨点，最后，终消失于天际间。河水泛着清波，山高水阔，寂寥复寂寥。岸上送别之人，可有泪湿衣襟？他反复喃喃的只有这两句：

愿言思子，中心养养。

愿言思子，不瑕有害。

——你们就这么远走了，我的心神如何安宁。我多么思念你们啊，只希望你们一切平安顺遂，不要遇到什么灾难。

这样的情感，谁最有资格具备？我以为，还是让母亲站在这样的岸边，最是合适。

她是谁？无论王室，无论百姓，无论历史走多远，沧海如何变成桑田，她胸膛里跳着的，只是一颗做母亲的心。它无关风云突变，无关血雨腥风，它只是人间挚爱亲情的一个画面，这样的情，放在任何历史条件下，都成立。

离别的场景，弥漫着浓浓的忧伤，两个儿子都长大了，羽翼渐丰，要离开母亲的怀抱，去独闯天下了。抑或有不得已的原因，他们不得不别离了她，远走他乡。——总之，离别已成事实，小船就泊在岸边。做母亲的，眼前不断晃动着两个儿子往昔生活的一些小镜头：他们会说话了，他们会走路了，他们一天一天长高……这一些，在今后离别的日子里，将成为她时时抱出来取暖的东西。

两个儿子一前一后上了船，他们年轻，哪里懂得做母亲的心？他们早就想去外面闯荡了，以为外面的世界更精彩。他们转身对她，轻描淡写说，你回吧，我们会照顾好自己的。

她叮嘱的话儿，肯定重三倒四不知说了多少遍，直至此时，她还在说着，儿子啊，小心啊，小心啊，在外一切都要小心啊。

水波浩渺，举手长劳劳。多少朝代更替了去，历史却留下这样一个画面：一个母亲，挥动手臂，站在送别的岸边。

这样的母亲，我们都熟悉，她们有着一样慈爱的面容，有着一样的操劳辛苦。离别的车站，我看到一个母亲，送儿子上车。她的儿子人高马大，青春蓬勃。可能是去外地上学，或是去外地工作。她一路为儿子提着大背包，一直把儿子送到车上，在位置上安顿下来。还不放心，反复交代，口渴了，矿泉水在这里。肚子饿了，煮的鸡蛋放在包里第二格。还有手纸，放在这个袋子里。

儿子很不耐烦地答，知道了知道了，你走吧。母亲好脾气地笑笑，下车，边走边回头说，天好的时候，要记得多晒晒被子啊。车终于启动，做母亲的，追着车子跑，递过去她的心，儿子，到了那里，你要记得打个电话回家啊。

这就是母亲，你飞得再高再远，还是她最疼爱的孩子。她一颗心，放不下，放不下。

我认识另一个母亲，她的遭遇，说起来挺令人心酸的。年轻时守寡，含辛茹苦养大儿子，儿子上大学了，儿子工作了，在城市里安顿下来。她以为从此后尘埃落定，她可以安享幸福。却不料，儿子突然不声不响没了，活不见人，死不见尸。她从此踏上漫漫寻子路。一年一年过去了，儿子杳无音信。知道的人都劝她，放弃吧，你儿子可能真的不在人世了。她却坚持着，儿子一定还活着，只是暂时遇到困难了，躲起来了。

她家旧房改造，她拼死护着房子，不让拆，她说儿子若回来，会找不到她的。儿子的房间，她一直留着，定时换洗床上用品。儿子喜欢吃的菜，她每天都备上一份。每逢节日，她必早早到车站迎候，一辆车一辆车开过去了，直到夜色阑珊。她说，现在，她已一无所求，只求儿子能平平安安站到她跟前。

天底下母亲的心，如出一辙，儿女的平安，就是她们一生的渴求与幸福。

如果有梦想，距离不是问题

谁谓河[1]广？一苇[2]杭[3]之。
谁谓宋远？跂[4]予望之。

谁谓河广？曾[5]不容刀[6]。
谁谓宋远？曾不崇朝[7]。

——《国风·卫风·河广》

【注释】

①河：黄河。

②苇：用芦苇编的筏子。

③杭：通“航”。

④跂（qì）：踮起脚尖。

⑤曾：乃，竟。

⑥刀：通“舠”，小船。

⑦崇朝：终朝，一个早上。

河是黄河。李白有句很出名的诗：

黄河之水天上来，奔流到海不复回。

黄河的气势雄伟、波涛汹涌，可见非常。

那时的交通，极不发达。人们外出，除了步行，还是步行。交通工具也是有的，也仅限于马车和船。然马车不是人人可以坐得的，那是贵族们的特权，远没有普及。船或许更为寻常些，普通人家，造不起木头船，但做个竹筏子芦苇筏子，想来总是可以的。猎人们会划了它，进深涧去捕捉野兽。采桑女会划了它，到小河对岸去采桑叶。

交通不发达，导致的是生活的闭塞。这样也好，他们安于自己的小世界，划着他们的芦苇筏子，过着与世无争的小日子。

如果外面的风，不吹进来。如果外面的水，不流进来。那么，卫国的这一方黄土地，也许永远囿在这里，采桑垂钓，偶尔唱唱“投我以木瓜，报之以琼琚”。可是，谁能阻止了那风的吹拂？谁能阻止了那水的奔流？那风，从宋国吹过来，再吹向齐国去。那水，从巴颜喀拉山一路奔涌而来，再一路奔涌而去，流向大海。春秋时有“秦粟输晋，泛舟之役”的记载，说明那时黄河已通航。如此推想，此前的卫国跟各地，也是往来频繁。不断有人从外面进来，带了犀牛骨做的梳子来，带了香料和茶叶来。当地人平静的心，开始往外飞。就像现在生活在偏远山区的孩子，喜欢坐在山石上，支棱着下巴，对着遥远的天边瞎想，山外面有什么呢？那里是不是也有村庄，羊群和狗？

对外面世界的渴望，是人类本能的一种反应。诗人汪国真曾写过一首《熟悉的地方没有景色》的诗，道出了这样一个最普遍的真理：

凡是遥远的地方

对我们都有一种诱惑

不是诱惑于美丽

就是诱惑于传说

即使远方的风景

并不尽如人意
我们也无需在乎
因为这实在是一个
迷人的错
到远方去　到远方去
熟悉的地方没有景色

彼时的卫国，或许也有这么一个，或几个小姑娘，或是少年，他们对外面的世界，充满热切的向往。

那时候，战役频繁，人口的流动，开始如风吹水流般的。好些人不得不离开故园，远走他乡。思乡与长别离，成了那个时代最强烈的一种情感。动荡与不安，让人们的心里，滋生出另一种渴望，渴望到远方去，到远方去，远方一定有桃花源。那个桃花源，土地肥沃，房屋齐整，人们生活富足，男女老少熙熙为乐。

这里的主人公，或许就是那个对外面世界充满热切向往的姑娘。她虽生于普通人家，但自幼聪明伶俐，采桑养蚕，采葛织布，样样精通。还能歌善舞，弹得一手好琴瑟。

这样的姑娘，自是比别的女孩，多了些许玲珑心思。当外面的风，袭着他乡的气息吹过来。当黄河的水，挟着他乡的印迹奔涌而至。几个采桑女，面对外面的世界，产生了强烈的好奇，她们坐在桑树林间，有了这样的对话：

你们说，宋国的姑娘，会不会像我们一样，也在采桑？

——怕是也采的吧。要不，她们做些什么呢？

那黄河的那边，会住着怎样的人家？

——哦，他们怕是在围着火堆跳舞呢，过得很快乐。

这时，一个姑娘突然插言，她说，我一定要去黄河那边看一看的，我一定会去宋国转一转的。

她的话，惹得同伴们一阵哄笑，哎呀，你这不是痴人说梦么？黄河多宽阔哪，你怎么渡过去？宋国多遥远哪，你怎么跑过去？你就别做这样的梦了。

姑娘没有笑，她认真着呢，她眼望着辽阔的黄河，一字一顿说：

谁谓河广？一苇杭之。

谁谓宋远？跂予望之。

谁谓河广？曾不容刀。

谁谓宋远？曾不崇朝。

哪个说黄河有多宽的？乘上芦苇筏子，也就能渡过去。哪个说宋国很遥远的？踮起脚尖就能看得见。哪个说黄河很辽阔的？它根本就容不下一条小船。哪个说宋国路遥遥的？用不了一个早晨，就能到达。

是的，如果有梦想，距离不是问题。

从此，到外面的世界去，成了这个姑娘最大的向往。她一个人，常常站在黄河边，对着遥远的天边看，那里，是她梦想抵达的地方。她最后有没有达成心愿，那不重要。重要的是，她在她的人生里，播下了梦想的种子，再远的天涯，也成咫尺。

喜欢过一句广告词：心有多大，舞台就有多广。这世上，没有心到不了的地方。

心到佛知

于以[1]采苹？南涧之滨。
于以采藻？于彼行潦[2]。

于以盛之？维筐及筥[3]。
于以湘[4]之？维锜[5]及釜[6]。

于以奠之？宗室牖[7]下。
谁其尸[8]之？有齐季女。

——《国风·召南·采苹》

【注释】

①于以：在哪里。

②行潦（xíng lǎo）：沟中积水。行：水沟。潦：雨后积水。

③筥（jǔ）：圆形的筐。方称筐，圆称筥。

④湘：烹煮供祭祀用的牛羊等。

⑤锜（qí）：三足锅。为炊饭之器。

⑥釜（fǔ）：无足锅。为炊饭之器。

⑦牖（yǒu）：窗户。

⑧尸：主持。古人祭祀用人充当神，称尸。

这首《采苹》，真正是好。好在全篇全无修饰，仅是一问一答，一场隆重的祭祀，就忙忙碌碌有条不紊地铺排开了。

先是大伙儿浩浩荡荡的，去南涧的水滨采苹。

我想到了江采苹。那个唐朝女子，是不是也爱极了这里的采苹，才取了这么个很诗经的名字？她出生于医药世家，从小能歌善舞，诗文出众，又貌相静美，被选入宫中，深得唐玄宗宠爱。因她爱梅成癖，被赐名梅妃。后玄宗得了新宠，渐渐冷落了她。偶尔想起，他派人送去珍珠，以示恩宠。她断然拒绝，不肯接受这样的施舍，并写下一首幽怨的诗：

柳叶双眉久不描，残妆和泪污红绡。

长门尽日无梳洗，何必珍珠慰寂寥？

唐玄宗看到此诗，竟拍案叫好，命人谱了曲，咿咿呀呀地弹唱开去。她的泪，她的幽怨，在他，不过是一首取乐的曲子罢了。君王无情，比那秋风扫落叶还甚。她当明白，一腔的情，是付了东流水了。又能怎样？只能自我哀伤，尽日无梳洗，深宫之中，如此寂寞终老。

真正的苹，命运却没这么曲折，它是生长在浅水里的一种植物，乡野里，多的是。它还有个俗名叫田字草。不过我们都叫它浮萍的。鸡喜欢吃，猪也喜欢吃。我们小时，常捞它上岸，剁碎了喂猪吃。

这里捞它，是要当做祭祀用品的。很神圣。不单要捞它，还要去那积水的浅沼里，捞了水藻来。也是要当做祭祀用品的。我惊异于那时人们对植物的敬畏，白蒿、蒲草、艾草、葛，哪一样上，不附着着神灵？

这里的这场祭祀，排场不小。苹和藻都采好了，又命人用些方筐子圆筐子的装了。祭祀用的牛羊，也都烹煮好了，拿些器皿装了，排列在祠堂的窗户底下。想来非贵族家不能够。

普遍的观点，认为这是一场贵族女子的祭祖活动。《毛传》有云：

古之将嫁女者，必先礼之于宗室，牲用鱼，芼之以苹藻。

《礼记》中关于古代婚礼，也有如此描述：

是以古者妇人先嫁三月，祖庙未毁，教于公宫，祖庙既毁，教于宗室。教以妇德，妇言，妇容，妇功。教成祭之，牲用鱼，芼之以苹藻，所以成妇顺也。

由此看来，女子婚嫁前，用苹、藻祭祀，已成当时风俗。

好了，现在，所有的前期工作，都准备就绪，单等着那祭典仪式开始了。

这有点类似于我小时观一场戏，舞台搭好了，锣鼓笙箫一一到位。瞄得见那演员，在后台，大红衣襟一闪而过，是惊艳的华丽啊。心里急着，戏快开场快开场吧。我在想，这时的百姓，得知这场祭祀，一定也如几千年后，我们看一场乡戏一样激动。对一场即将到来的隆重与神圣，邻里间津津乐道着。粥碗捧在手上，站在自家篱笆墙边，东家说一句，西家插一句。乡村的风，不紧不慢地吹。狗来凑趣儿，绕着脚跟讨吃的。说的人哪里顾得了它，他谈兴正浓呢，嫌它碍事，踢它一脚，叱一声，去！狗便知趣地跑开去。他们继续他们的话题。这时候，有人突然好奇地问一句：

谁其尸之？

——谁来主持这场祭祀呀？

立即有人答了：

有齐季女。

——是齐家的那个小姑娘啊。

我想起西藏遥远的阿姐鼓来，纯洁少女被献上祭坛，然后用她的皮，做成鼓来敲。这场祭祀，本是为婚嫁而举行，断不会如此的残忍和血腥罢。美丽的小姑娘，当她主持着这样一场庄严的祭祀时，所有人都肃穆在祠堂内外。那个时候，一定听得见灵魂飞翔的声音，心到佛知。

饥饿是时代的伤疤

苕[1]之华，芸[2]其黄矣。
心之忧矣，维其伤矣！

苕之华，其叶青青[3]。
知我如此，不如无生！

牂羊[4]坟首[5]，三星在罶[6]。
人可以食，鲜[7]可以饱。

——《雅·小雅·苕之华》

【注释】

①苕（tiáo）：植物名，即凌霄花。

②芸：黄色浓艳的样子。

③其叶青青：指花落，叶盛。比喻好景不长。

④牂（zāng）羊：母羊。

⑤坟首：坟通“颁”。头大。母羊本小头，因饥饿身体瘦小而显得头大。

⑥罶（liǔ）：捕鱼的竹篓。

⑦鲜：寡；少。

荒年。却有大朵大朵的凌霄花，开得浓艳。

苕之华，芸其黄矣。

——花不知人间疾苦。

这花，若不是配了荒年，该是多出色的景致。我所在的校园，原有一株，攀树而长。花开时，从六层楼上，远望过去，一树的橘黄。惊天动地的艳。我上下班的路上，也有这样的凌霄花，趴在人家的一堵院墙上，夏天早早开了花，一直开到秋末。一墙的叶绿花黄啊，过往的行人，没有不在它跟前驻足停留一下的。那时，心里只剩下纯粹，感动，感谢，生命呈现出这样怒放的姿势。

这里也有花，层层叠叠，叶青花黄。缠绕在篱笆墙上，抑或攀援在树上面。望过去，也蓬勃也辉煌，却映衬出人世更多的苍凉。

牂羊坟首，三星在罶。

人可以食，鲜可以饱。

是怎样的大荒，导致这般寂静与寥落。一个世界，安静得只剩这花开的声音。靠天吃饭的年代，天不遂人愿，旱涝虫灾，都足以要去人的命。看看这里，母羊瘦得皮包骨了，身子变小，而显得头很大。只怕那小身子，快支撑不住它的大头了。捕鱼的渔网里，无鱼，倒是筛下星星几颗，冷冷地闪着光。若说这个也能吃，却太少了，还不够塞牙缝的。惨淡的月光照着一个，惨白的世界。

是遇上可怕的干旱么？河水全部干涸，庄稼颗粒无收。只是很奇怪，这凌霄花，怎么就开得如此浓艳？人不如花啊。

心之忧矣，维其伤矣！

——心是这样这样的悲伤，叫天天不应，叫地地不灵，只能一任它被哀伤淹没。

花仍在开，大朵大朵地开，是荒瘠里的一抹黄彩霞。只是这彩霞无法饱饥，纵然灿烂，又能唤起多少存活的勇气？儿啼母悲，饿殍遍野，再多的坚强，也不敌饥饿的侵袭。所以，这些可怜的人，要发出这样的悲声：

知我如此，不如无生！

——早知会落到这般痛苦的田地，当初还不如不让我降生的好！

人类存活至今，历尽多少自然淘汰，吃尽多少饥饿之苦？从前听祖母讲她历经的饥荒，说人们饿得眼珠子发绿，去啃树皮，去啃草根。树皮啃完了，草根啃没了，就去吃观音土。好多人因吃观音土，腹胀而死。死时浑身肿胀得厉害，碧绿透明，其状惨不忍睹。

苦难的人类！

年前回乡下。乡下人家都在大张旗鼓地蒸馒头蒸年糕。门口突然出现一个要饭的男人，破衣破衫地穿着。母亲心软，恨不得把家里馒头年糕全打包给他。他走后，我不屑，都什么年代了，还讨饭？看他五大三粗的，怎么就不能赚钱养活自己？母亲叹一口气说，人不到绝路上，是不会走上这条乞讨的路的，饿是要人命的事啊。

我怔住。当我们吃饱饭的时候，哪里会体会到饥饿人的感受？

朋友鲍尔吉·原野曾说过这样的话，我不管在儿时、青年乃至现今，一直知道饿是怎么一回事儿，它是耻辱之中最大的耻辱。或者说，饥饿者的存在，是时代的伤疤。

但愿这个世界的伤疤，会越来越少。

愿与草木饮清茶

隰[1]有苌楚[2]，猗傩[3]其枝。
夭[4]之沃沃[5]，乐子之无知。

隰有苌楚，猗傩其华。
夭之沃沃，乐子之无家。

隰有苌楚，猗傩其实。
夭之沃沃，乐子之无室。

——《国风·桧风·隰有苌楚》

【注释】

①隰（xí）：低湿的地方。

②苌（cháng）楚：猕猴桃。

③猗傩（yī nuó）：柔软的样子。

④夭：少。这里指初生的嫩枝。

⑤沃沃：润泽的样子。

这首诗，历来被解读成悲观厌世的多。说诗人生逢乱世，自叹不如草木无知无累。

在一些学术家眼里，则又有另一番深意。《毛诗序》中的观点是："疾恣也。国人疾其君之淫恣，而思无情欲者也。"明人何楷又搬出证据，坐实这一观点："《隰有苌楚》，疾恣也。桧君之夫人与郑伯通，桧君弗禁，国人疾之。"

现代学者，则更倾向于拿它当情诗的。闻一多认为："《隰有苌楚》，幸女之未字人也。"李长之则说："这是爱慕一个未婚的男子的恋歌。"

简单问题被复杂化，这是人类的通病罢。反正，我是读不出来厌世，也读不出来"疾恣"，或是爱慕的。我以为，它只是一个普通人，面对着洼地里，长着的一棵或几棵野猕猴桃树，一时生出些感慨罢了。

或许是一个姑娘，情事总是受阻，年纪不小了，还不曾觅得婆家。家里人自是当她是心病，在她耳边常唠叨。做父母兄弟的，甚至会使了脸色给她看，抱怨着她的不是。——这是极有可能的。

姑娘为此烦不胜烦。她又能如何？生为女儿家，总得嫁人的，母命也不能违。于是，是瘸子是瞎子也不去挑了，能嫁得出去，就算帮家里人甩掉包袱了。

姑娘也就索性由着家人摆布。很快定下一门亲事，她并不乐意，但也无可奈何。心中难免郁闷，就到山中随便走走。又或是做些采摘之类的活计，打发难耐光阴。晨光里，或是夕照下，她看到洼地处的一棵或几棵野猕猴桃树，在清风里，枝叶肆意摇摆，枝上的花儿兀自开放，果实兀自甜蜜美好。姑娘的心里，忽地涌出一丝感伤来：

夭之沃沃，乐子之无知。

夭之沃沃，乐子之无家。

夭之沃沃，乐子之无室。

——唉，真是羡慕你啊野猕猴桃，你的枝叶柔嫩润泽，无牵又无挂，也不要嫁人，也不要成家，自由自在多快乐！

感叹完了，太阳升起来了，或是落下去了，姑娘该回家了。生活还会继续。

又或许是一个小男人。如《北门》中的那个男人，不过官府一小当差的，为了生计，王事催他，室人又交遍谪他，他活得真是焦头烂额呀。心中的郁闷难以排解，也只能一个人，悄悄地对着洼地里的那几棵野猕猴桃，倾诉倾诉了。倾诉完了，心情好多了，他拍拍衣上尘，回家去，明日还有诸多的事儿等着他呢。

大自然是最好的疗伤师。心中再多伤感，到了草木跟前，也会被一一化解。你看，草木无语，清风自拂，红尘万般愁千般苦，全被它们看透。它们也有风霜侵蚀，也有衰老枯萎，可是，你就没有见过一棵树叹息哭泣。你也没有见过一棵草妄自菲薄，自暴自弃。只要有一点点生长开花的可能，它们就从不会放弃，也不要求赞美。

现实总有这儿那儿的不顺，有着一时的烦恼结打不开，怎么办？就学学这里的古人吧，去大自然里走走。对着一棵树说说话，或在草地旁待上一会儿，你的心思，会变得澄清又空灵。那个时候，你只剩一个愿望，愿与草木饮清茶。就这般，很好，很好的。

骂人是门技术活

相[1]鼠有皮，人而无仪[2]！
人而无仪，不死何为？

相鼠有齿，人而无止[3]！
人而无止，不死何俟？

相鼠有体，人而无礼！
人而无礼，胡不遄[4]死？

——《国风·鄘风·相鼠》

【注释】

①相：视，看。

②仪：礼仪。

③止：假借为“耻”。

④遄（chuán）：快，赶快，疾速。

中学时，学过一篇古文《晏子使楚》，说的是春秋时的事儿，印象深刻。且容我引用一段：

晏子使楚。以晏子短，楚人为小门于大门之侧而延晏子。晏子不入，曰："使狗国者从狗门入，今臣使楚，不当从此门入。"傧者更道，从大门入。见楚王，王曰："齐无人耶？"晏子对曰："临淄三百闾，张袂成阴，挥汗成雨，比肩继踵而在，何为无人？"王曰："然则子何为使乎？"晏子对曰："齐命使，各有所主。其贤者使使贤主，不肖者使使不肖主。婴最不肖，故直使楚矣。"

当时的感觉是，这个叫晏子的人，好牛啊，矮小的一个人，单枪匹马，出使狂妄自大的楚国，竟毫无惧色，三言两语，就使一个楚国失色，弄得楚王都下不了台。那时，只以为他胆识过人，会耍点小聪明。现在重读，我突然有了重大发现，原来，他的嘴太厉害了，巧舌如簧，骂人的功夫，真正是一流！

"使狗国者从狗门入"，——那言外之意，你们国家，就是狗国哎，你们都是一群狗哎。"其贤者使使贤主，不肖者使使不肖主。婴最不肖，故宜使楚矣"，——啊呀呀，你这太无能的楚王！

可以想象，楚王被他一这骂，脸上定是红一阵白一阵，却愣是拿不出话来回击他。

骂人是门技术活。胡搅蛮缠，带脏字儿，那算不得本事，那叫泼妇骂街。真正的高手，该像晏子这样的，不见一个脏字儿，不动声色地，就把对方骂了个狗血喷头。

还有一种骂法，是不绕弯子，不打太极拳。要伸拳头，就拳拳都落在实处，一针见血，剥皮抽筋。当然，也不见一个脏字儿。这种骂法比之晏子的骂，更直接，更狠，也更讲技术含量的。

比如《相鼠》里的这场骂。

是谁骂谁呢？

有说是女人骂自家不学好的男人的。那男人成天不顾家，在外面拈花惹草瞎搞着呢。又好吃懒做着，做女人的实在气不过，就这么开骂了。——我觉得这个可能性不大。在男权社会，哪个女人胆大到敢这么破口大骂自家男人？她是活得不耐烦了么？

也有说是骂泼皮无赖的。哪朝哪代，只要有人群的地方，总会出现一两个泼皮无赖，无廉无耻，横行乡里。于是乎，乡人们有了这么一通开骂，诅咒瘟神早死早升天。

更多的观点，倾向于百姓看不惯国君的糜烂与昏庸，才有了这场骂。

彼时的卫国，的确够乱七八糟的，父子反目、兄弟争位、父淫子妻、子奸父妾，不一而足。《诗经》里有篇《新台》，就是时人讽刺卫宣公而做的。做父亲的，本是托人替儿子说媳妇来着的，结果媳妇说成了，父亲却反悔了。因为，他听说那姑娘长得实在好看，竟动了歪心思，想要据为己有。他在黄河边筑了数丈高的新台，把姑娘抢来藏在里面，霸占了。

对我们来说，是女人骂男人也好，是乡人们骂泼皮无赖也好，或是老百姓骂国君的，那都无关紧要的了。我们欣赏到的，是这场有意思的开骂，它操纵自如，一气呵成：

相鼠有皮，人而无仪！
人而无仪，不死何为？

相鼠有齿，人而无止！
人而无止，不死何俟？

相鼠有体，人而无礼！
人而无礼，胡不遄死？

——看哪，老鼠还有张皮，人却不要脸面。人不要脸面，为什么不去死？看哪，老鼠还有牙齿，人却不知廉耻。人不知廉耻，不去死还等什么？看哪，老鼠还有躯体呢，人却不知礼仪。人不知礼仪，还不如现在就去死！

很佩服这个骂人的，他的骂人技术，算是达到境界了。他拿贼眉鼠眼的老鼠来打比喻，看哪，人不如鼠！那被骂之人，没被他活活气死，怕是也要一口气噎着，半天上不来。真正是大快人心，怎一个酣畅淋漓了得！

小小少年，很少烦恼

芄兰[1]之支，童子佩觿[2]。
虽则佩觿，能不我知。
容兮遂兮[3]，垂带悸[4]兮。

芄兰之叶，童子佩韘[5]。
虽则佩韘，能不我甲[6]。
容兮遂兮，垂带悸兮。

——《国风·卫风·芄兰》

【注释】

①芄（wán）兰：亦名萝藦，俗名婆婆针线包等。荚实倒垂如锥形。

②觿（xī）：古代骨制的解绳结用具，头尖尾粗，形状像牛角，俗称角锥，也为成人佩饰。象征成人。

③容、遂：皆指雍容安详的样子。

④悸：垂带摆动貌。

⑤韘（shè）：俗称扳指，多以象骨制成。古代射箭时套在右手大拇指上用来钩

弦的工具。佩韘也是成年的标志。

⑥甲：借做“狎”，亲昵。

很有点小意外，贱贱的野生植物癞疙宝桃，在诗经年代，竟有这么一个动听的名字：芄兰。

我们都叫它癞疙宝桃的。

癞疙宝就是癞蛤蟆。因芄兰的果实外面，有着许多类似于癞蛤蟆的疙瘩，故得此名。

它还有学名叫萝藦。我磕破脑袋也想不出，它怎么叫了这么一个生僻的名字，好似要打坐念佛。奶浆藤或是婆婆针线包等民间叫法，倒是又形象又生动的。它的枝叶碰断，确有类似于奶浆的乳汁流出，沾到手上衣上，极难洗去。它的果实，倒垂如锥形，形似老婆婆的针线包。

我们会寻了它的果，摘下来，当沙包丢着玩。或者扯出它果实里面的白绒毛，捻着玩。乡下孩子从来不缺少玩具，到野地里去，要多少有多少。

这里的少年，和他的小伙伴们，也一定没少玩过癞疙宝桃罢。他们摘了它当线锤子使呢，还是互相投掷着玩？

日子对于少年来说，总是缓慢得似蜗牛。他们像花枝上打着的小花苞苞，踮着脚尖，拼命地朝着春风里张着，急切地想盛开。开呀，开呀，我要开呀！

张爱玲在六七岁时，等不及要长大，急急宣称：“八岁我要梳爱司头，十岁我要穿高跟鞋，十六岁我可以吃粽子汤团，吃一切难以消化的东西。”

每个小孩，怕是都有过这样的急切。未知的世界那么多，只有长大了，才有可能去消受，去探测。于是乎，盼着长大，恨不得一夜之间，就长成大人的模样。

我小时也是。家里来了南京城的贵客——表姨姐辉，辉那个时候十八九岁的样子，穿一件白底子小红圆点的连衣裙，尊贵得很。祖母竟让我作陪，坐上席位陪辉吃点心。要知道，家里来客人，或是去别人家做客，我们小孩是从来没有资格坐上席位的。我立即变得庄重庄严起来，感觉自己是被当做大人看待的，举止里，有了矜持，尽量学着大人的做派，面对喜欢的点心，浅尝辄止。门口围着看热烈的小伙伴，我只视而不见，端着我的“成人”的架子。

我也偷试过小姑的高跟鞋，偷抹过母亲的胭脂，小小的心里，对成年，真是百般的向往。

这里的这个小少年，也不过是这样，迫不及待想长大。他偷偷换上父亲的，或是哥哥们的成人装束，在身上佩上角锥，在指上戴上扳指，模仿着大人，雍容安详地走路，对跟在身后的小伙伴们，看都不看一眼了。

这让他的小伙伴们不乐意了，昨天他们还在一起采摘癞疙宝桃互掷着玩儿来的，今天他就一本正经起来。中有跟他玩得最好的一个小姑娘，他们许是青梅竹马，小姑娘的嘴厉害着呢，她可对他不客气，指着他，就笑骂开来了：

虽则佩觿，能不我知。

容兮遂兮，垂带悸兮。

虽则佩韘，能不我甲。

容兮遂兮，垂带悸兮。

——虽说你身上佩上了角锥，你就不认识我是谁了吗？看你垂着腰带晃悠悠的，哪有大人们的样子。虽说你指上戴上了扳指，难道就不能同我们一起玩了？看你那装腔作势的模样，垂着腰带晃悠悠的。

有人把这解读成少男少女相恋，说少女这是在打情骂俏着。今人高亨《诗经今注》认为，这是刺童子早婚。我却只读出纯美时光，一段少年趣事。

想起一首德国歌曲《Kleine Kinder, kleine Sorgen》(《小小少年》)，曾被翻译成中文广泛传唱：

小小少年，很少烦恼，眼望四周阳光照。小小少年，很少烦恼，但愿永远这样好……

真希望，这样的少年时光能够长一些，再长一些，永远这样光鲜明亮。

凯风吹尽棘有薪

凯风[1]自南，吹彼棘心[2]。
棘心夭夭[3]，母氏劬劳[4]。

凯风自南，吹彼棘薪[5]。
母氏圣善[6]，我无令人。

爰有寒泉？在浚[7]之下。
有子七人，母氏劳苦。

睍睆[8]黄鸟，载好其音。
有子七人，莫慰母心。

——《国风·邶风·凯风》

【注释】

①凯风：南风。

②棘心：初生的小酸枣树。棘：酸枣树。

③夭夭：鲜嫩的样子。

④劬（qú）劳：辛苦操劳。

⑤棘薪：长到可以当柴烧的酸枣树。

⑥圣善：通达而有美德。

⑦浚（xùn）：卫国城邑名。

⑧睍睆（xiàn huǎn）：美丽，好看。

我以为，这是首挽歌。

辛劳的母亲，通达又善良的母亲，一生育有七个儿子。她把他们，一一抚养成人。就像照拂着幼小的小酸枣苗，她为它们施肥灌溉、挡风遮雨，小心看护，直到它们长成可以当柴火烧的大酸枣树。而她，已如灯烛般的，耗尽了生命中最后一丝光亮。

是在她走后，做儿子们的才幡然醒悟，从此后，这个世上，少了一个最疼爱他们的人了。而对这个人，他们只知道索取，从未有过回报。他们有着太多愧疚：

凯风自南，吹彼棘薪。
母氏圣善，我无令人。

爰有寒泉？在浚之下。
有子七人，母氏劳苦。

睍睆黄鸟，载好其音。
有子七人，莫慰母心。

人常说，多子多福。可他们的母亲，显然没有这样的好福气。她虽育有他们七个，却一直活在劳碌困苦中，等到他们中最小的兄弟也长大成人，母亲早已老去。他们念及她在世的种种好处，在她灵前痛哭失声。于是有了这一通哭诉：

南风轻轻吹拂着酸枣树呀，母亲啊，您是那么贤德良善着的一个人，我们兄弟七个，却从来没有好好孝敬过您。门前流过的泉水多么清凉，源头就在那浚城啊。母亲啊，我们兄弟七个都长大了，还害得您日日为我们操劳。好看的黄雀们，它们的叫声多么清丽婉转。母亲啊，你叫我们兄弟七个，拿什么来告慰您的灵魂？

子欲养而亲不待，——有些爱，原是等不及的。有时候，我们总以为，青山青，绿水长，我们有的是时间可以等。殊不知，不过一眨眼的工夫，已是阴阳两隔，我们的爱，就再也送不出去了。

看胡适写他的母亲，看得泪下。胡适的母亲，23 岁上就守了寡，带着胡适，在一个大家庭里，受尽排挤，其辛苦可想而知。尽管处境艰难，她还是倾尽心力栽培胡适。胡适 13 岁时，母亲送他去上海读书。胡适 19 岁时，考上庚子赔款官费赴美留学。此后 7 年里，他与母亲只能书信往来。母亲病重，为不耽误胡适求学，对胡适隐瞒着消息。她自己去照了一张照片，收藏起来，关照家人："我若一病不起，不可将此事告诉我的儿子，仍要请人按月写信给他，做出我还活着的样子。待他学成回国时，把我的这张照片给他看，就如同见到我本人一样。"最后，胡适学成归来，被聘为北京大学教授。一年后，母亲在家乡病逝，胡适不在身侧。他带妻子江冬秀回家奔丧，痛悔不已，写下了《先母行述》一文：

先母所生，只适一人，徒以爱子故，幼岁即令远出游学；十五年中，侍膝下仅四五月耳。生未能养，病未有侍，毕世勤劳未能丝毫分任，生死永诀亦未能见一面。平生惨痛，何以如此！

为之哽咽。突然很想打个电话给在老家的母亲了。母亲一天一天衰老下去，可好的是，她的身体还算硬朗。我想接她过来，再小住几天。那几天，我会什么也不做，只陪她。我会带她去美食街，一样美食一样美食地品尝过去。我会带她去服装店，一件衣裳一件衣裳地试穿，给她买红围巾，给她买花衣裳。我还要带她去首饰店，一只玉镯一只玉镯地试戴。最后，买下两只，一只胭脂红的，一只翡翠绿的，分别套在她的两只手腕上。我还要带她去小城的沿河风光带，坐在河边的凉亭里，周围花树开得沸沸。我们就坐在那里，吹着风，看河里船行，吃着她爱吃的糕点，听她絮絮叨叨，说些遥远的往事。

是的，我要好好爱她，趁还能爱的时候。

倾囊相待，低到尘埃

九罭[1]之鱼，鳟鲂[2]。我觏[3]之子，衮衣绣裳[4]。
鸿飞遵渚[5]，公归无所，於女信处[6]。

鸿飞遵陆，公归不复，於女信宿[7]。
是以有[8]衮衣兮，无以我公归兮，无使我心悲兮。

——《国风·豳风·九罭》

【注释】

①九罭（yù）：捕鱼的细网。

②鳟鲂（zūn fáng）：大鱼名。

③觏（gòu）：见，遇见。

④衮衣绣裳：绣着龙的上衣，绣有五彩花纹的下衣。均为贵族服饰。

⑤渚：水中沙洲。

⑥信处：再宿。

⑦信宿：住宿。住一夜。

⑧以有：以，助词。有，藏起来。

先说几句题外话。

这是我写的最后一篇有关《诗经》的文字了，有点舍不得丢手。与它相处久了，已成老友。一顾一念，都是相知。

近两个月了吧？我再次沉入其中，越读，越是走不出来了。大雾弥漫，云深不知路。

我想，这才是《诗经》最有意思的地方罢。它给你设置了一个又一个的谜语，而谜底，永远的扑朔迷离着。你看到的，只是一个片断，一个场景，一段闲闲的对话。无头无尾，无名无姓。这场景，换上任何时代，放上谁和谁，似乎都合适。你也只能凭着自己有限的生活体验，去估摸着先民们的生活。

这样的猜谜，极富挑战性，又有着无限趣味。像无数藤蔓缠缠绕绕，你摸不着头尾。这也无妨，有时，答案分明了，反倒没意思了。人生的许多趣味，是在那似是而非之间吧。然不管怎么说，几千年来，人类的活，却如出一辙。从前的风土人情、道德伦理、欢喜悲伤，从未断层过。

先民们的智慧，不佩服也不行。那个时候，就自己织染衣裳，还在衣裳上绣花。也有自己的乐器，琴、瑟、缶和鼓。交通上，有船有牛车。捕鱼也织出了密密的渔网，也有了钓鱼的丝线。除了没我们今天的电器家伙，人家生活好像也不缺啥。

寻常百姓家的待客之道，竟也相差无几，那是倾囊相待，低到尘埃的。

像这里，这间寒舍里，突然来了贵客，“衮衣绣裳”地穿着。这一身锦绣衣裳，顿时令这间寒舍光芒闪烁。可以想见，这户人家多么受宠若惊诚惶诚恐。男主人赶紧抓起渔网去打鱼。捞上的鱼，拣最好的鳟鱼和鲂鱼，来招待尊贵的客人。

然后是主妇倾其所有，尽其最大可能，烧出可口的饭菜。一家人端出最热忱的笑，围着客人转，递水递酒让菜，礼数周全。客人饭毕，要走了，这家人的心，空落落的。尊贵的客人能登上他们寒舍的门，叫他们多么感激。他们真心希望他能留宿一夜，不要急着走。于是，有了各种挽留：

鸿飞遵渚，公归无所，於女信处。

鸿飞遵陆，公归不复，於女信宿。

男主人拿鸿雁打比方，他说，鸿雁会沿着小洲飞翔，我知道尊贵的您，今天也没有其他去处，不如在我家留一宿吧。鸿雁会沿着河岸飞翔，我知道尊贵的您，一去就不可能再到我家来了，不如在我家多住一晚吧。

客人却执意要走，热情的主人，示意家中孩子，藏起了客人的外套。主人一再对客人表达恳切之愿：

是以有衮衣兮，无以我公归兮，无使我心悲兮。

——我们之所以藏起了您的外套，是不想让您离去啊，您就不要走了，不要让我们伤心啊。

读至这里，我突然鼻子有点酸酸的。我的记忆里，也有着这一幕。那时，我有远房堂哥，考得名牌大学，在南方的大城市里当了官。家里的亲戚，远的，近的，无一不以此为荣。跟人谈论，必把这当了大官的堂哥捧在最前面，言说他到了哪里，都是众星捧月，风光无限。这堂哥每次回家省亲，家家争请。我家也打扫堂屋，置办菜肴，端出家里最好的东西，想招待他。但每回，都轮不上。

终有一次，这堂哥答应来我家吃饭，全家人高兴坏了。屋里屋外清扫自不必说，我爸特地去几十里外的老街置办菜肴。还请了帮厨的，厨房里热火朝天，办喜事也莫过如此。我们小孩，早就被大人再三叮嘱，这堂哥来了，该说什么话，不该说什么话。

他来，全家人站在大门口外迎接，脸上都挂着谦卑的笑。不记得那顿饭是怎么吃的了，只记得当时家人对他的到来，那感激万分的样子。——我有些，难过了。我知道我的家人待他，都是出自真心，可那真心里，却有着巴结的成分。

这是世道现实。

就像这间寒舍里的一家人，他们这么谦卑地挽留着尊贵的客人，我读不出欢喜，只读出疼痛和卑微。他们低到尘埃，恨不得掏出心来，招待这位贵客的。如果心真能掏出来的话，我相信，他们会这么做的。

南朝文学家刘义庆在他的《世说新语》里，讲述了一个留客的故事，我以为，与这里的故事，一脉相承着。

故事讲的是，有个叫陶侃的人，从小就志向远大，聪明好学，博学多才，无奈家境贫寒，很难出人头地。同郡人范逵一向很有名望，被举荐为孝廉。有一次，范逵突然跑到陶侃家来作客，带了大队的马仆随从。冰天雪地的天，陶家正犯着愁呢，家里啥也没有。可这样的贵客光临，让陶侃和他母亲喜出望外，他们自是万分诚恳地留客。陶侃的母亲，把她拖到地的长头发剪下来，换到几担米。又把房子上的每根柱子，都削下一半来做柴烧。把草垫子剁碎了，当草料喂马。到傍晚，桌上便摆上了精美的食物，范逵的随从人等，也都一一招待到位，这让范逵大受感动。第二天早晨，范逵告辞，陶侃送了一程又一程，送到近百里了，还不肯回去。范逵于是许诺，你该回去了，我到了京都洛阳，一定替你美言一番的。陶侃这才放心回去。范逵到了洛阳，果真不食前言，对他广为宣传，使陶侃的好名声，一下子传播开了。

这倾囊的待客里，原都含了卑微。